诗伴晚霞飞

赖官洪◎著

中国财富出版社有限公司

图书在版编目（CIP）数据

诗伴晚霞飞 / 赖官洪著. —北京：中国财富出版社有限公司，2022.11
ISBN 978-7-5047-7846-8

Ⅰ. ①诗…　Ⅱ. ①赖…　Ⅲ. ①诗集—中国—当代　Ⅳ. ①I227

中国版本图书馆 CIP 数据核字（2022）第217362号

策划编辑　宋　宇　　责任编辑　邢有涛　刘静雯　　版权编辑　李　洋
责任印制　梁　凡　　责任校对　张营营　　责任发行　黄旭亮

出版发行　中国财富出版社有限公司
社　　址　北京市丰台区南四环西路188号5区20楼　　邮政编码　100070
电　　话　010-52227588 转 2098（发行部）　　010-52227588 转 321（总编室）
　　　　　010-52227566（24小时读者服务）　　010-52227588 转 305（质检部）
网　　址　http: //www. cfpress. com. cn　　排　　版　宝蕾元
经　　销　新华书店　　印　　刷　宝蕾元仁浩（天津）印刷有限公司
书　　号　ISBN 978-7-5047-7846-8 / I · 0351
开　　本　710mm × 1000mm　1/16　　版　　次　2023 年1月第1版
印　　张　15.75　　印　　次　2023 年1月第1次印刷
字　　数　190千字　　定　　价　68.00 元

步步如诗句，
天天大地连。
足行几里路，
岁岁健康年。

目录

生活篇

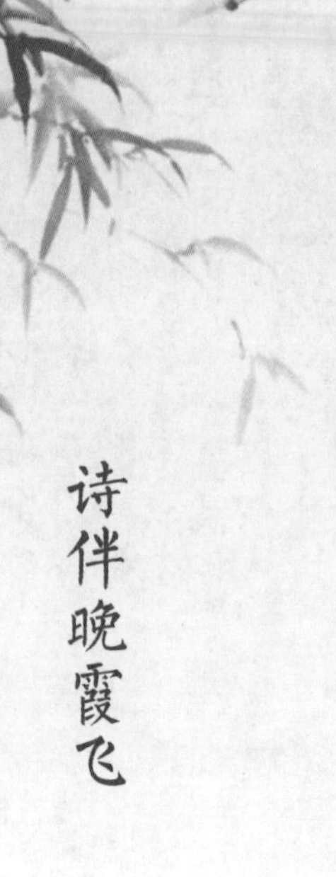

职员

日日勤操作，
月月工资拿。
年年盼薪升，
永远有个家。

2016年5月2日

老同学见面

同学相见忆连绵，
皱纹满爬众笑脸。
昔日读书同室念，
今天言赠鹤松年。

2016年7月8日

我的孝心

我的父亲，
一名木匠，
他与“木”字结了缘，很深，很深。
他，

股坐长马凳，
刨刮木卷花。
斧劈松桉杉，
锤击犁和耙。
月赚微薪水，
维持一个家。
生活俭朴过，
烟酒不沾他。
我的母亲，
一位农民，
她对土地有感情，很亲，很亲。
她，
早出晚归干农活，
两造莳田秧苗插。
脚踩禾机热汗流，
两箩湿谷肩上压。
子女口粮队里领，
自田地上种菜瓜。
一年四季忙不停，
家里家外全靠她。
我，
从小到大，
很爱我的父母。
孝敬之心，很真，很真。

父母给了我什么？
是生命，
是善良，
是勤劳。
父母给了我什么？
是贫穷，
是智慧，
是勇气。
父母给了我什么？
是谦让，
是容忍，
是知足。
我要像父母那样，
大刀阔斧砍木头，
不误时机耕农田。
我给了父母什么？
是劳累，
是孤独，
是挂念。
我给了父母什么？
是安慰，
是孝敬，
是送终。
我没有埋怨过父母贫穷，

没有埋怨过父母不公平，
没有埋怨过父母生我不逢时。
父母斟我茶甜甜，
我盛父母饭香香。
父母离世已多年，
重阳扫墓表心愿；
愿父母永远安息，
愿父母对我永远放心。

2016年重阳节
于2020年12月12日黄江镇诗歌音乐沙龙晚会上朗诵

挽救失足立新功

残疾父母谢天公，
上天恩赐传子宗。
生下一男和一女，
大学毕业政府工。
大女从事教育业，
小儿是位公务员。
有家有室有后代，
幸福家庭乐融融。
古人有说风云变，

老人瞬息心发疯。

儿子狂赌难收性，

欠债还钱家产空。

公职很快被开除，

不敢出门变病熊。

儿媳不甘受穷罪，

离婚指印红彤彤。

沉重打击难承受，

儿子服毒求命终。

关工委人即介入，

救命助贫没落空。

儿子戒赌当工人，

父母领补月月供。

家庭生活逐年好，

村里股份多分红。

孙子孙女上学堂，

从此全家多笑容。

离婚协议成废纸，

又生二胎喜气冲。

关工委人强联手，

跟踪关爱不放松。

田美板湖关工委，

挽救失足立新功!

2017年6月3日

注:“关工”和“关工委”即指关心下一代工作委员会

赌命

安生曾经很风光,
运气来自春风扬。
洗脚上田做生意,
赚钱买地盖厂房。
好事接踵喜连喜,
雄心勃勃意志昂。
政府用人重才干,
派他协调内外商。
安生管理三大厂,
工资过万荷包装。
白天到厂巡几圈,
晚上聚赌离家乡。
常在异地赌大钱,
输掉家产和厂房。
卖厂还债继续赌,
赌红双眼更猖狂。
身无分文拿命搏,

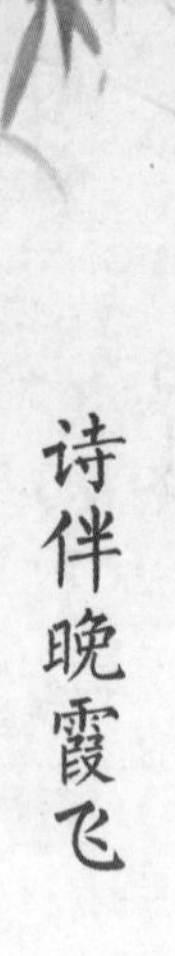

生命押注十万洋。
兑换筹码赌两回，
筹码输掉急逃亡。
赌王雇请黑暴力，
手脚打残体鳞伤。
安生悲观绝望极，
勒绳命丧吊屋梁。

2017年6月3日

远离毒品保健康

（一）

千万别让毒沾上，
沾上毒品暗无光。
戒毒犹如上天难，
毒瘾发作人癫狂。

（二）

一次吸毒种祸根，
毒瘤腐蚀体脂肪。
毒液口沫藏病菌，
毒史长污档案箱。

（三）

戒毒要学张学良，
焚烧毒品砸烟枪。
宁死不吸大麻烟，
换取寿安百岁祥。

（四）

奉劝吸毒青少年，
戒毒意志要坚强。
永远不能再复吸，
拒绝毒品言无谎。

（五）

人人认清毒危害，
远离毒品保健康。
美好前程似锦绣，
身强力壮铸辉煌。

2017年6月4日

腌萝卜

客家女人心灵巧，
腌制咸菜技术高。

萝卜从土刚拔出，
动手切丝一条条。
卜苗卜条晒一晒，
撒盐锅中分开捞。
装进瓶瓮用力压，
塞进稻草作隔槽。
倒放水盘四五天，
咸香卜菜可蒸煲。
卜片盐揉晒半干，
装罐打包国内销。
猪肠猪血煮卜苗，
开胃消滞食欲调。
卜条果皮蒸咸鱼，
爽爽脆脆香气飘。
若将鹅肉垫卜片，
席上难得一佳肴。
土菜文化在传承，
客家女子有功劳。

2017年6月11日

美丽留住在人间

锦华同学五十年，

墨汁泼洒每一天。
高一隶体写语录，
墙报板书一篇篇。
居港办起广告铺，
仿隶字体赚大钱。
富人厅堂悬字裱，
刘锦华名印左边。
退休还乡石排镇，
夫妻办店笔更尖。
千家万户挂字画，
美丽留住在人间。

2017年6月22日

问健康

晨霾遮盖罩西方，
海外校友可健康？
百岁延年飘过半，
微询跨越太平洋。

2017年7月10日

夏天就是热

夏晨微风吹，
树叶闹吱吱。
阳光轻轻照，
热上肤和皮。
夏午风变少，
酷暑到来时。
灼如火烤肉，
汗水滴滴流。
夏夜温度高，
心闷入眠迟。
夏天就是热，
人人皆深知。

2017年8月6日

双节喜

国庆中秋双节至，
大人小孩乐开花。
假期长长遂君意，
吃喝玩乐任由它。
君若国内游一游，

东西南北主意拿。
君若境外走一走，
欧亚多国可选择。
君若居家做享受，
美酒佳肴伴茗茶。
君若聚友说天地，
古今中外拉话长。

2017年9月30日

秋天腊味香

（一）
秋风阵阵凉，
送来腊味香。
东莞腊品靓，
名扬近远方。

（二）
腊鸭清香甜，
腊肠有圆长。
腊肉肥瘦匀，
腊菜精包装。

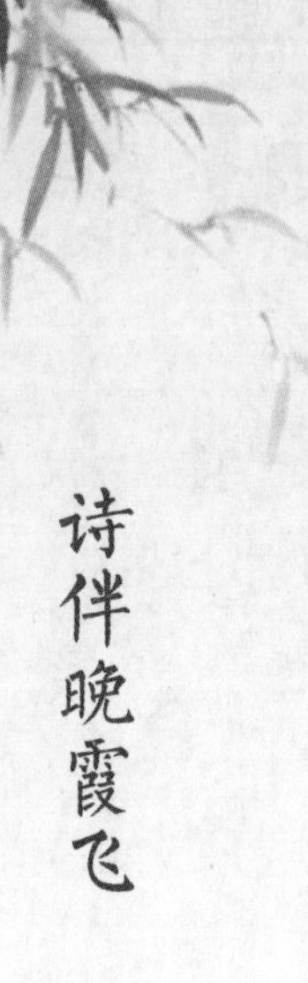

（三）

若来东莞游，
先找腊品商。
解囊买几斤，
高兴返家乡。

2017年10月17日

琴

琴手买琴为演奏，
崭新时代凯歌多。
琴手年龄不需分，
年老年少键弦拨。
学会弹琴不吃亏，
天涯海角安乐窝。
琴棋书画琴为首，
楼上楼下琴音和。
钢琴电琴口风琴，
快速送货到家阁。
琴师进门教弹奏，
水准相当价宜合。
业余时间弹一弹，
自娱自乐奈尝何。

公共场所弹拉吹，
琴声飞扬歌如河。

2017年11月21日

运动

（一）
“运动”两字最时尚，
老少人人保健康。
太平盛世幸福多，
千万别误好时光。

（二）
少年运动长茁壮，
青年运动瑞气祥。
中年运动心态美，
晚年运动寿命长。

（三）
徒步走走悠心绪，
唱歌阵阵肺舒张。
舞姿翩翩身苗条，
篮球打打志更昂。

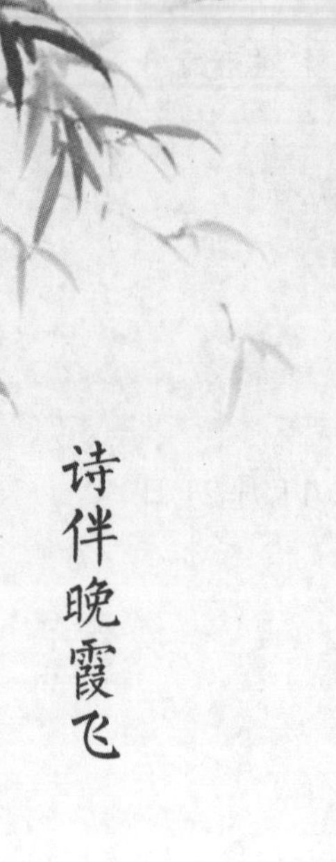

（四）

运动配上轻音乐，
项目个个谱新章。
运动加插影视像，
档次即刻向上扬。

（五）

全身运动强体质，
精力充沛不怕忙。
坚持运动无间断，
脑灵身壮奔四方！

2017年12月29日

扫戏院

小勤毕业舞蹈系，
无法迈进文艺圈。
找来工作扫戏院，
日夜辛劳累连连。
在家只待一小时，
来回步行需半天。
心生一计睡戏院，
午晚休息舞台边。

扫拖抹擦编个舞，
苦练又将感情联。
一次大型演唱会，
天赐良机瞬变迁。
锣鼓齐鸣吵梦醒，
误为雷响风雨卷。
撑开花伞走上台，
戏台正演少女恋。
锣停鼓息音乐起，
伞人随曲情自然。
雨打芭蕉醉人心，
劲舞惟妙众瞪眼。
导演指挥着了迷，
以为主角许小仙。
观众鼓掌齐称赞，
大喊要见美容颜。
幕谢导演做决定，
聘入小勤当演员。
从此走南又闯北，
国内国外舞翩翩。

2018 年 1 月 17 日

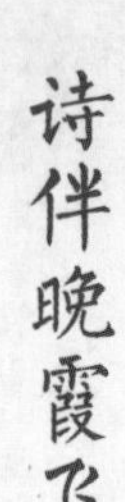

杯觥庆丰年

（一）

黄江商会工商联，
去年产业赚大钱。
举办晚宴以庆贺，
不忘初心志更坚。

（二）

会长权昌台前站，
总结汇报做发言。
团队成员举高手，
齐声宣誓再向前。

（三）

镇长志东致辞称，
商会工联创业艰。
基础夯实加把力，
年年都是丰收年。

（四）

席座宾客齐感动，
笑语萦绕餐桌边。
台上抽奖气氛浓，

台下杯觥庆丰年。

2018年1月31日

充电

（一）

杨英美女毕业后，
参加工作共九年。
每年培训六十天，
一年到头无清闲。

（二）

曾经任职政经警，
大学文化筑梦圆。
行政服务为人民，
理论实践两相兼。

（三）

联系上下亲又密，
睿智办事卒领先。
转抓社会治安职，
带头冲锋在前沿。

（四）

摧毁吸毒赌博窝，

维护稳定保安全。

升迁镇长抓经济，

脱贫致富意志坚。

（五）

因地制宜兴工商，

集体富裕民有钱。

省市奖状二十张，

党的教导记心间。

（六）

功劳归于德才备，

成功在于民支援。

边干边学边充实，

不忘初心永向前！

2018年1月31日

练武

（一）

和平年代人自在，

阿强天天勤练武。
不仅强身又壮体，
维护治安还有用。

（二）

早上常在公园练，
拳打脚踢双手撸。
民间武术学不少，
斗志昂扬胸有竹。

（三）

午间林中练飞镖，
镖尖飞中黑点窟。
眼疾手快脚跟稳，
横飞竖飞快速出。

（四）

傍晚泥路练驾车，
路坎弯曲绘地图。
追拦截阻多项目，
驾车技术高又熟。

（五）

阿强是名治安员，

练就一身真功夫。
为民除害下决心，
迟早要抓几歹徒。

（六）

一晚偶遇撞车党，
自碰越野板脱出。
强逼阿强交万元，
说修奔驰费不足。

（七）

阿强没穿治安服，
被误平民低了估。
谁知阿强几下手，
两名歹徒当俘虏。

（八）

拍下作案现场片，
扭送歹徒回警屋。
领导齐声赞阿强，
智勇双全有前途。

2018年2月2日

招待新莞人

今年春节好日子，
阳光灿烂气象新。
电影院里很活跃，
放映新片献爱心。
当地居民忙过节，
政府招待新莞人。
上幕放完接下幕，
东莞胜似家乡亲。

2018年2月18日

唱粤曲

广东粤曲妙，
韵润乡土人。
代代传唱开，
越唱情越深。
花好月圆曲，
胡琴伴奏清。
台上男女唱，
台下掌声鸣。
狄青闯三关，

花旦二黄音。

木鱼节拍敲，

歌声似银铃。

2018年6月1日

授课

教授讲课资料搜，

打开电脑鼠标摇。

银屏映出一二三，

嘴巴张开话滔滔。

讲书授课一下午，

主题突出水准高。

学生耳听心在想，

最好发份讲课稿。

2019年3月11日

评心卷

光阴似箭人已老，

子孝孙贤赶新潮。

儿打电话询安健，

孙发微信手机聊。
自古孝敬讲实惠，
询聊成为一奇招。
若给儿孙评心卷，
理应打分该多高？

2019年4月3日

礼貌

早上问句好，
晚上寒暄到。
做人讲礼貌，
朋友真心交。
文明社会里，
尊重第一条。
有礼天下走，
事业似火烧。

2019年4月9日

石排看舞狮

来到邓祠看舞狮，

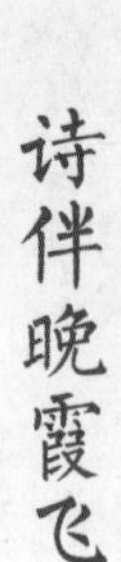

有生快乐晚年时。
醒狮跳跃高高啸，
齐掌赞评技艺高。

2019年4月12日

黄江文艺

黄江文艺似花朵，
谱曲指挥文虎哥。
泼墨挥毫刘国辉，
撰写雄文雷激多。
诗词犹如山泉水，
小奇挖深山坑河。
天德国画墙头挂，
妙元胡拉悠扬歌。
王辉常将足迹记，
道君高腔掀浪波。
锦宏出口山歌唱，
飞出岭坳飘过坡。
文学如花鲜又艳，
石座语录人观摩。
摄影长卷黄江美，

歌舞升平新生活。

2019年4月22日

诗画字

好诗一片情，
温暖众人心。
名画一桶金，
价值逐年升。
劲字一只鹤，
长寿百岁临。
文化无价宝，
源丰流古今。

2019年4月23日

休假忙

休假到来也要忙，
轻声细语好商量。
外家父母询安健，
家里事情不丢荒。
算术语文亲辅导，

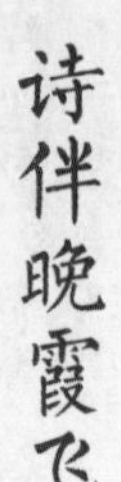

习堂补课送如常。
一家大小诸多事，
洗衣煲饭跑市场。

2019年4月28日

苦和甜

苦瓜入口苦，
汁液能去暑。
甘蔗虽然甜，
入药能解毒。
功夫须苦练，
技精实力坚。
养尊处优惯，
苦瓜加黄连。

2019年5月5日

粽香

五月品粽子，
传统食品尝。
粽身绿叶裹，

粽肉挺胸膛。
香味扑满鼻，
香馅益健康。
香甜舌尖沾，
香气飘四方。

2019年5月6日

深巷烙饼

十指有短长，
拳掌可收张。
人群高中矮，
各把特长藏。
手机百度网，
能找武大郎。
北京深巷里，
烙饼甜又香。

2019年5月30日

结识深山种荔农

君若有意识荔农，

穿戴鞋帽爬坡途。
目睹小溪长流水，
耳闻林风久吹呼。
山边荔果一片红，
林间突现屋傍湖。
门前果农朝阳笑，
方桌啖荔甜滋滋。

2019年6月2日

黄江强

接深修筑桥头堡，
海纳特区财源长。
村富区富镇府富，
人人过上小安康。
打造粤港澳湾区，
勇闯潮头铸辉煌。
山美水美处处美，
美丽幸福黄江强！

2019年8月18日

平淡

曾经在官场，
现在住民房。
过去有辉煌，
如今少亮光。
年轻筑美梦，
晚年保健康。
岁月匆匆过，
平淡也无妨。

2019年8月24日

日夜也如常

早上起了床，
沐浴晨阳光。
新的一天里，
工作真繁忙。
熬到了晚上，
图个睡安详。
活够一辈子，
日夜也如常。

2019年8月25日

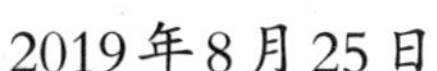

泡三场

（一）

铜壶泡三场，
客满能记坊。
早上铁观音，
气冒嘴边扬。

（二）

午茶毛尖叶，
淡淡喷鼻香。
喝入肚和肠，
强身又健康。

（三）

晚茶普洱饼，
杯杯味芬芳。
日子叹一叹，
饮茶保健康。

2019年8月25日

割草

割草隆隆响，

机器代人忙。
遍地断头草，
来日再长长。
风水轮流转，
有去又有往。
月月剪头发，
春色满脸庞。

2019年9月5日

入秋爆竹声声响

入秋爆竹声声响，
声声送来好时光。
农民乐闻稻谷味，
工人喜穿新服装。
儿童高兴上学去，
青年连理婚宴张。
中年奔跑锦绣路，
老年寿比南山长。

2019年9月10日

今日学校科技化

今日学校科技化，
老师口讲手指划。
学生抬头望屏幕，
耳听脑记效果佳。
上下课毕电铃响，
礼堂演说喇叭放。
跨出校门放学后，
豪华汽车接回家。

2019年9月10日

祈求顺利年

中秋天上月，
明亮圆又圆。
万家赏月光，
世间最香甜。

2019年9月13日

果多美

桌上水果红和黄，
尽显容颜各自彰。
芒果喜欢南方雨，
苹果经霜在北方。
红色苹果甜酸爽，
黄色芒果酸甜香。
水果无论酸和甜，
皆是人间真美味。

2019年9月14日

抛弃忧和愁

出门走一走，
背囊左边挎。
吸进新氧气，
晨风吻额头。
徒步上山去，
汗滴往下流。
昂首望高处，
抛弃忧和愁。

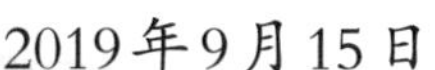

2019年9月15日

田美在腾飞

东莞海选十美村，
黄江田美闯入围。
打造粤港澳湾区，
筑造美梦急起追。
亮点遍及村内外，
党群遵守法纪规。
青山绿水铺锦绣，
美丽田美在腾飞！

2019年9月20日

笑口常开

大堂柱壮气派昂，
海纳四方游客财。
千里迢迢住酒店，
图得安逸喜乐怀。
厅室优雅兴旺盛，
藐视苦累幸福来。
星光灿烂耀万宅，
笑口在此常常开。

2019年9月26日

汇聚众人获业绩

把握创机看地天，
拼出睿智正当时。
奋发向上开新道，
汇聚众人获业绩。

2019 年 10 月 7 日

谱写精彩松鹤年

文章结尾不逗号，
逗号即是没有完。
若是逗号写最后，
段落再多难成篇。
生活慎用逗句号，
句号千万勿提前。
逗号越多越丰富，
谱写精彩松鹤年。

2019 年 10 月 13 日

谢谢你，朋友

朋友，你好。
打开我的手机，
看见你的脸庞。
明亮的双眼，
笑容很端庄。
方圆的小嘴，
像花蕾绽开一样。
美丽，
奔放。

点开我的朋友圈，
有你转发，
图文并茂的新闻报道，
悠扬动听的歌曲。
有你写画，
美丽的字画。
掷地有声的诗词和文章，
那样的有力，
那样的激扬，
好似刚刚采下的蜂蜜。
鲜甜，
清香。

又像春天光亮的黎明，
绚丽的晚上，
温暖我的心房，
充实我的营养。

每一个字，
工整大方。
每一句话，
落地有声。
每一段落，
充满能量。
一幅幅，
一首首，
一篇篇，
让人兴奋，
叫人鼓掌。

这就是，
最好的交流，
最好的学习，
最好的欣赏。
它们，
时时刻刻，
日日夜夜，

藏入银幕，
闪耀光芒。
朋友啊，
你的大公无私，
你的慷慨解囊，
激励我的意志，
补习我的课堂。
让我深感幸运，
快乐，
难忘。
我将永远、永远地，
把你记在心上，
谢谢你——
朋友！

2019年10月23日

视作苦短长尝甜

南方冬天异北方，
其间出现热凉寒。
热天身穿T恤衫，
凉夜床上捂被单。
年为四季日复日，

严冬易变宜生安。
寒潮袭来心无畏，
视作苦短长尝甜。

2019年11月11日

花儿朵朵香入怀

追梦书本一出来，
作者人人心花开。
主编召开研讨会，
金涛酒店坐满台。
市里文联领导到，
赞扬黄江梦花栽。
追梦犹如百花园，
花儿朵朵香入怀。

2019年11月22日

年尾想什么

年尾想什么？
父想钱添张。
有钱过丰年，

老少喜洋洋。
母想家里事，
添买新衣裳。
新年新气象，
探望爹和娘。
儿想外出玩，
见识走四方。
举目看热闹，
美丽记胸膛。
爷想家平安，
自己体健康。
天天快乐过，
幸福万年长。

2019年12月10日

盼春节

年气步姗姗，
拉开百花栏。
城乡新面貌，
万象再美颜。
阳光金灿烂，
春意恋河山。

老少盼春节，
莺歌燕舞欢。

2019年12月12日

迎春座谈会

新春年会喜连连，
见面握手感情深。
大堂坐下说佳话，
笑逐颜开乐在心。
一乐又能面对面，
二乐又庆丰收年。
三乐又添一个岁，
四乐又增敬老钱。

2020年1月15日

春节好

幼时不懂过新年，
红包到手心里甜。
少年盼着过新年，
新衣穿身喜眉间。

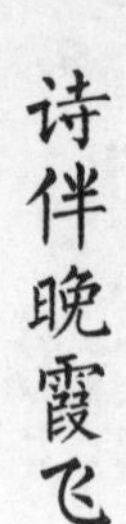

青壮筹划过新年，
食好玩好乐几天。
晚年祈望过新年，
添岁健康复明天。

2020年1月21日

二〇二〇到人间

竹报平安年复年，
花送美丽天又天。
水流富裕月增月，
人迈征程永向前。
鼠年快乐老少享，
欢声锣鼓舞翩跹。
美酒佳肴餐餐有，
二〇二〇到人间。

2020年1月23日

日夜不忘记

出门三不忘：
口罩大用途，

不扎人群堆，
不涉野味毒。
回家三不忘：
洗手洁肌肤，
常饮抗病液，
睡眠满满足。

2020 年 1 月 27 日

春风又渡“疫”门关

春风又渡“疫”门关，
瘟神带来大麻烦。
白衣战士奋力杀，
风打疫散离人间。
风吹天地尘埃弃，
风暖人心健康还。
百花盼得春风劲，
疫情散去尽开颜。

2020 年 2 月 9 日

组织关爱胜春雨

防控疫情听党话，
退休干部不出发。
留守宅中保健康，
做做家务带带娃。
组织关爱胜春雨，
口罩酒精送到家。
敬老爱老天护佑，
户户盛开幸福花！

2020年2月13日

柚熟

柚子好吃皮难剥，
剥开黄皮到白皮。
柚肉红白集成瓣，
瓣折吃粒甜滋滋。
柚瓣依次排桌上，
客人饭后接着吃。
果汁入肚人在想，
柚熟即到赏月时。

2020年2月20日

健康步步追

早上平安出，
晚上无事归。
深夜筑美梦，
觉醒晨扬眉。
一生若如此，
福寿松年垂。
幸福岁月日，
健康步步追。

2020 年 3 月 1 日

美丽你们排第一

等到春暖花开时，
选美之日不为迟。
鼠年新冠肆虐久，
口罩防护穿戴好。
治病救人在医院，
保护自己病毒离。
疫战胜利回家乡，
美丽你们排第一。

2020 年 3 月 7 日

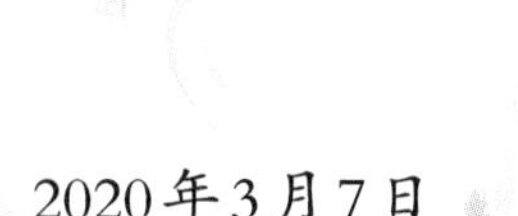

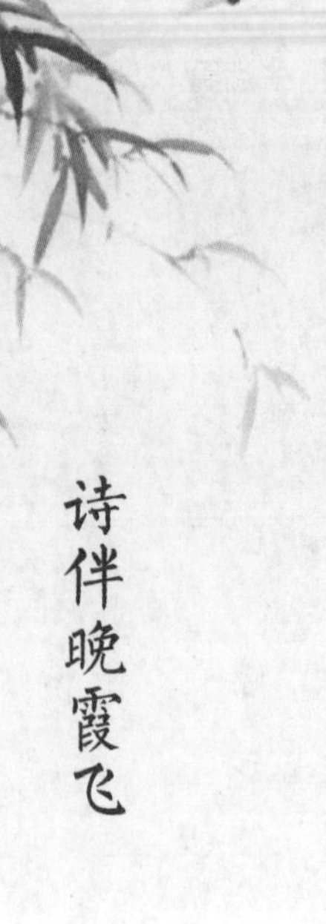

女性医护永不输

女人能歌又善舞，
明星闪亮锦绣途。
古有四大美女人，
今有无数巾帼姑。
宫廷歌舞夜升天，
战场杀敌枪炮突。
鼠年全国打疫仗，
女性医护永不输。

2020年3月8日

祖国旺又兴

赞赞唱歌人，
天天好心情。
人人听歌唱，
心心多温馨。
四方歌声扬，
处处响银铃。
山河雄歌亮，
祖国旺又兴。

2020年3月13日

复工复产新气象

战“疫”凯歌已唱响，
劳动大军谱新章。
超市商场大门开，
游玩园地逐开张。
工厂工人争时效，
农村农民多产粮。
酒店员工创优质，
海陆空运忙又忙。

2020年3月14日

幸福人生乐悠悠

歌声飞出老人喉，
飘飘扬扬响四周。
字字句句有力量，
美妙歌声解人愁。
如今老人六〇前，
旧歌新歌唱不休。
不忘初心情奔放，
幸福人生乐悠悠。

2020年3月24日

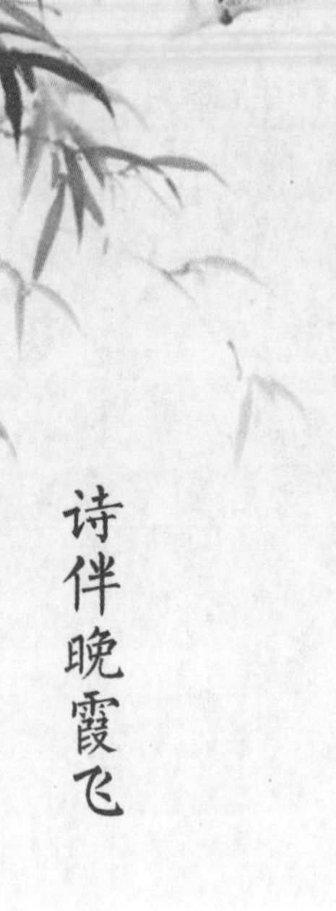

好成绩

戴上口罩遮口鼻，
难挡兴奋新气息。
满堂干部静静坐，
聆听总结功和过。
去年黄江收益多，
政治经济升了级。
平安社会添富贵，
镇区村强好成绩。

2020 年 3 月 25 日

注：此诗写的是东莞市黄江镇2019年总结大会的场景。

三杯茶

一杯清茶叹上午，
早餐茶伴神气扬。
二杯清茶饭后饮，
健胃消滞洗大肠。
三杯清茶睡前喝，
无忧无虑爬上床。
岁月长河水为宝，
粗茶淡饭保健康。

家中茶水常常热，
柜里茶叶一箱箱。
茶壶日夜斟不尽，
茶香飘绕心芬芳。

2020 年 3 月 26 日

推迟祭祖

一年一次清明祭，
深寄思念在此时。
前辈恩德重如山，
后辈扫墓报忠实。
今年新冠仍未息，
暂推清明祭祖迟。
有心何惧情难表，
九月重阳跪双膝。

2020 年 3 月 30 日

描绘天地变新颜

新冠疫情降人间，
隔离防治设室关。

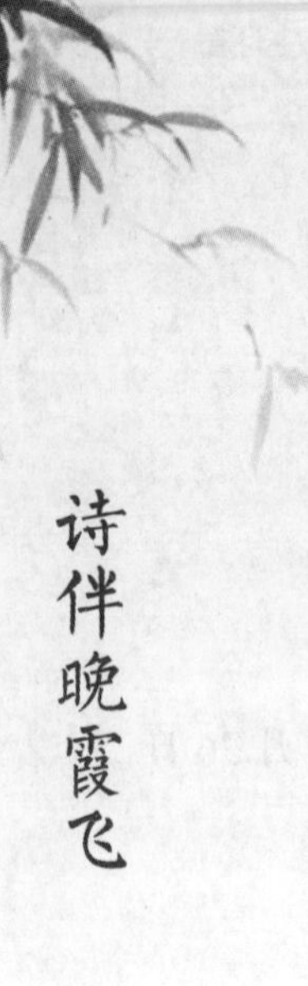

误了春时渐渐逝，
良机被夺不归还。
时不我待铁规律，
日历页页向前翻。
争分夺秒生产复，
描绘天地变新颜。

2020年4月2日

欢声笑语响不停

新冠疫情防治令，
小区封闭不留情。
老人儿童家中护，
朝夕少许闻鸟鸣。
迎来战“疫”首告捷，
园区娱乐始复兴。
春光万里金灿烂，
欢声笑语响不停。

2020年4月12日

阅读你的诗
——此诗献给黄江荔香诗社

阅读你的诗，
那是一块磁。
心情被吸引，
天天着了迷。
诗境如村女，
美丽又多姿。
诗意似山泉，
清澈流长途。

2020 年 4 月 21 日

疫情过后

疫情过后上酒楼，
半月工资一顿光。
疫情过后去旅游，
钱包空空把泪流。
疫情过后访亲友，
谈天说地神飞扬。
疫情过后做保健，

免疫除病早预防！

2020 年 4 月 25 日

储藏美丽

天赋美丽须珍惜，
笑脸吟诵幽雅诗。
鲜花丛中百日艳，
花开花谢寻缘时。
储藏美丽多修饰，
身上不忘彩衣披。
旧物收藏再抹新，
古董披迷箱柜几。

2020 年 5 月 9 日

诗韵悠然生自情

（一）

村后山边一片林，
早晚绿叶景色新。
果农汗滴脚下土，
精心栽培盼业兴。

（二）

年逢七月红艳艳，
满枝荔果压树身。
远望好似灯笼挂，
摘果人人甜在心。

（三）

满箩鲜果载回家，
家家户户尽欢颜。
嘴嚼果肉甜如蜜，
诗韵悠然生自情。

2020年5月20日

七月米桂金

（一）

今天六月晨，
荔果鲜又新。
她是妃子笑，
啖啖甜入心。

（二）

七月收佳果，

桂味糯米品。
人忙车满载，
家里进金银。

2020年6月5日

诵诗唱歌气氛激

六月荔香社聚人，
无人不赋荔枝诗。
赞扬鲜果甜如蜜，
拟入感情首首深。
小奇社长倡新招，
啖果唱歌朗诵诗。
乐队奏出幽雅曲，
诵诗唱歌气氛激。

2020年6月11日

智网帮人忙

前进需导航，
道路不漫长。
点击手机屏，

四轮奔前方。
如若不识技，
吃亏心慌张。
日新又月异，
智网帮人忙。

2020年6月15日

种瓜可添财

夏日西瓜满田园，
形圆皮绿肉红甜。
果农渴望市场旺，
畅销价高多赚钱。
吃苦耐劳急脱贫，
面朝黄土背朝天。
穷帽何日能摘掉？
牢记种瓜这财源。

2020年7月16日

红歌晚唱再年轻

K歌网群多老人，

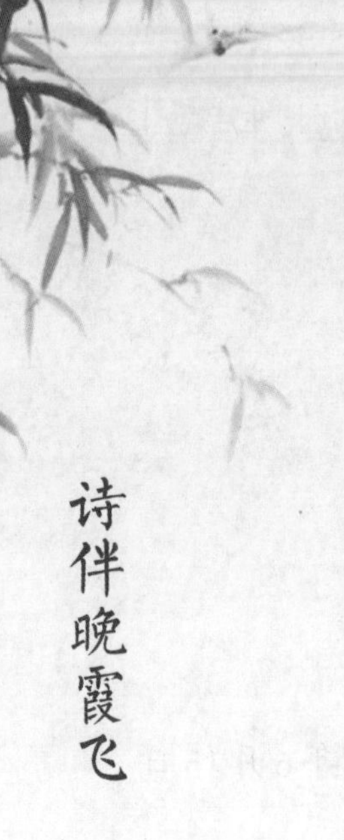

身健心雄声音清。
字字句句皆为赞，
颂党为民执政明。
壮丽词句爱祖国，
悠扬曲调深感情。
太平盛世人难老，
红歌晚唱再年轻。

2020 年 7 月 25 日

等食

等食莫心焦，
排队慢慢熬。
叫号声声脆，
酒楼出奇招。
不论富与贫，
不管官低高。
只要你守候，
来者不徒劳。

2020 年 8 月 16 日

鹤发悠悠然

退休十一年，
逢十日晨间。
围桌饮早茶，
见面聊聊天。
微笑人人有，
皱纹再增添。
神态还算好，
鹤发悠悠然。

2020 年 9 月 10 日

晚餐蒸鱼肉清香

江边钓鱼线长长，
长线弯钩垂入江。
鱼饵散发腥香味，
群鱼争游充饥忙。
晨放鱼钓午拉杆，
鱼跳水面拖入筐。
一天收获十余斤，
晚餐蒸鱼肉清香。

2020 年 9 月 19 日

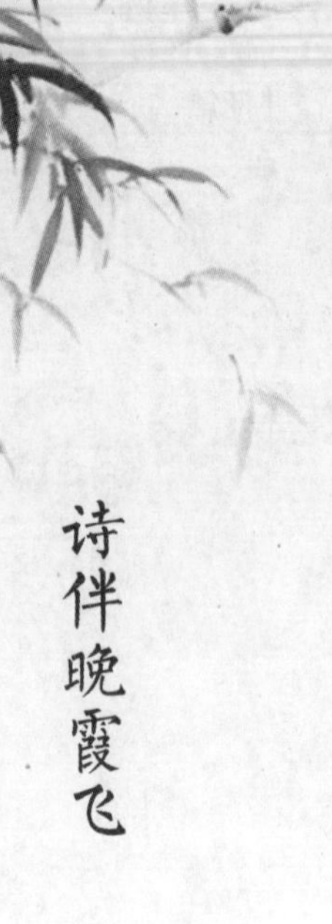

幸福快乐中国心

中秋日夜倍思亲，
国庆中秋同时临。
日出东方照大地，
月圆夜景美又清。
手机拍下此影像，
微信送达千里程。
祖国处处欢歌舞，
幸福快乐中国心。

2020年10月1日

善行出自关爱心

珠江银行驻黄江，
扶困助学献爱心。
联合镇里关工委，
今年资助三十人。
镇府一楼设现场，
市镇领导亦莅临。
学生手接助学金，
家长兴奋笑盈盈。

2020年11月27日

微屏多彩图

以前收信一页纸，
满格字粒黑模糊。
谈情说爱话难尽，
鸿雁传书忧难除。
如今收信一幅屏，
字镶画里如芙蓉。
远亲拉近人面见，
轻点微屏多彩图。

2020 年 12 月 23 日

金牛胖胖迎新春

金牛胖胖迎新春，
家家户户对联红。
鲜花朵朵芬芳溢，
鱼肉香香酒味浓。
拜年语语人心悦，
锣鼓声声响隆咚。
牛年日日安康送，
百姓夜夜美梦中！

2021 年 2 月 10 日

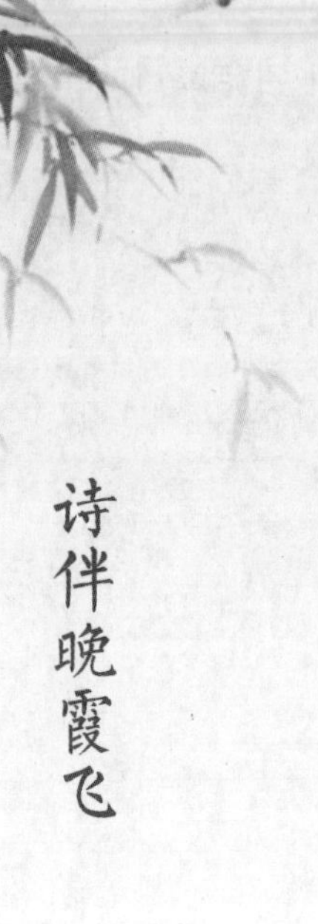

夕阳辉映地无边

关爱后代做奉献，
常付余热和余能。
关爱工作干十载，
获取证书喜心间。
年岁虽已近黄昏，
作为不减退休前。
爱心献给弱群体，
夕阳辉映地无边！

2021 年 3 月 12 日

爱岗敬业一奇招

爱岗敬业一奇招，
工人空中绳缠腰。
影子左右上下晃，
犹如小鸟初离巢。
头身手脚齐合作，
水洒玻璃眼一瞄。
力推抹布除污秽，
体稳神驰情自豪。

2021 年 4 月 24 日

音乐的魅力

音乐作陪伴，
事业更顺利。
前程多锦绣，
机遇少流失。
社会添和谐，
工作更积极。
朋友满天下，
同欢快乐时。

2021年5月26日

吃桃

吃桃想起桃花开，
大为歌颂花垒台。
在那桃花盛开地，
满枝芬芳蜂飞来。
改革开放吃桃子，
水果店铺满街开。
大小鲜桃精包装，
幼拿少提青壮抬。

2021年5月30日

养蜂

养蜂用木箱，
群蜂聚满房。
蜂王拨蜜众，
诱逼蜜出糖。
苦累养蜂主，
头防蜂刺伤。
蜂胶急滚转，
溅射蜜糖浆。

2021年6月8日

吃个咸粽品味清

粽香随风飘飘临，
吃个咸粽品味清。
体需食盐不能少，
盐拌糯米入粽身。
添加精料绿叶裹，
火锅水煮气熏蒸。
若说吃粽忆诗人，
其意恰恰三分称。
如今吃粽念“七一”，

盼得政明日月新。
今年建党百周年，
辉似午阳耀龙人。

2021 年 6 月 15 日

筑荔诗情浓

（一）
我读小学时，
恰逢七月中，
村里荔枝园，
归属大集体。
荔果摘下来，
按户分和供。
最多两三斤，
大小不均匀。
大人不舍吃，
让给小儿童。
十有八颗酸，
亦可润喉咙。
路过村果园，
剩果枝叶丛。
快快爬上树，

果子摘手中。
上学路上吃，
回味实无穷。
那时不写诗，
笑声飘随风。

（二）

今日能看到，
社区多个村，
山边荔枝园，
姓私不姓公。
荔枝庄园主，
皆为创业农。
拥地上百亩，
荔果红彤彤。
园边盖别墅，
挖塘开河涌。
聚会荔枝园，
感觉不凡同。
摘下串串果，
糯桂黑叶红。
果摆桌上吃，
甜香气味浓。
扫去荔枝壳，

摆上鱼虾公。
难得荔枝宴，
筑荔诗情浓。

2021年6月22日

心静自然凉

夏晨微风吹，
不干汗湿裳。
夏午阳光烈，
热浪普四方。
夏夜清风渡，
难退热气汤。
夏天总是热，
心静自然凉。

2021年7月13日

心情开朗不怕忙

（一）
夏日炎炎似火烧，
烤地烘房热湿裳。

祈盼老天下场雨，
消暑退热温相当。

（二）

难得阵风又阵雨，
凉风穿窗飘进房。
小康美梦床筑就，
浑身筋脉自舒张。

（三）

上班车内空调停，
风拂头脸面心凉。
台上热茶饮几口，
心情开朗不怕忙。

2021 年 7 月 21 日

步韵在心间

（一）

童年上学走田径，
路边劲草打结连。
边走边跑玩游戏，
自演儿戏乐无边。

（二）

少年打柴爬山坡，
羊肠小道举步艰。
柴草挑到圩里卖，
每次可赚几角钱。

（三）

青年骑车行泥路，
风吹沙尘飘上天。
清水净洁手和脸，
交朋结友情谊添。

（四）

中年开车奔高速，
风驰电掣飞向前。
时间可视为生命，
敬业创业勇当先。

（五）

晚年漫步怡情绪，
住宅沿边踱几圈。
往日足迹不惦记，
如今步韵在心间。

2021 年 7 月 27 日

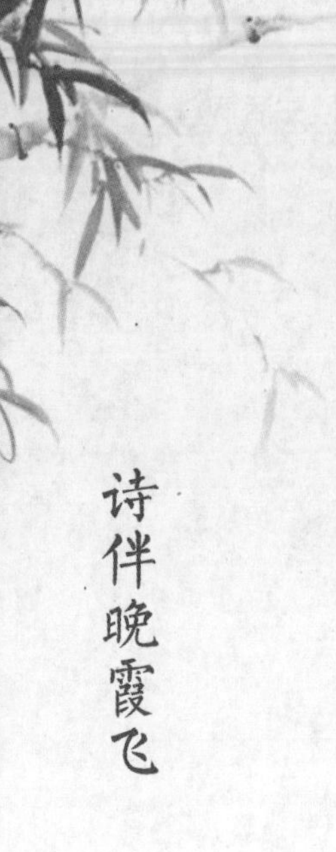

梦筑小康家

秋雨不停下，
日夜滴答答。
清澈水流声，
犹如琴弦刮。
晨看遍地湿，
午见满坑洼。
晚上床上睡，
梦筑小康家。

2021年8月8日

游子的话

（一）

抬头望明月，
圆圆亮光光。
低头思故乡，
温馨又安详。

（二）

千里谋生计，
汗湿旧衣裳。

寄宿唐人街，
辛酸暗悲伤。

（三）
媚外名戏子，
演艺无用场。
贪婪逃亡官，
终日心惊慌。

（四）
国外月虽圆，
难暖游子床。
皆因一步错，
背井又离乡。

（五）
十五天上月，
国内很辉煌。
五星红旗卷，
飘扬四大洋。

2021年8月15日

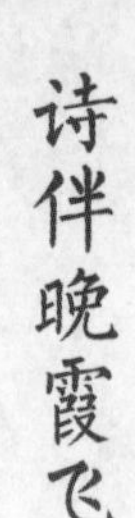

说车

（一）

说说车有几种类，
盘古至今难讲清。
旧时木制马拉车，
篷房乘坐富贵人。

（二）

战争年代坦克车，
避弹开炮打远程。
建国初期解放牌，
装人载货喇叭鸣。

（三）

建设时期手推车，
填坝修库弯坡经。
风光日子骑单车，
搭上恋人倾爱心。

（四）

筑梦岁月和谐号，
高速平稳少噪音。
崭新年代车转箭，

飞天探月伴群星。

（五）

如今车种的确多，
三年四年更新型。
道路何处无车走，
人类与车结缘深。

2021年8月19日

悠哉再悠哉

餐碗米饭香，
粒粒农民栽。
餐桌肉和菜，
碟碟买回来。
一日三顿饱，
身健神不衰。
夜睡一宿觉，
黎明站阳台。
吸入新鲜气，
舒广我胸怀。
厅中手持麦，
轻声歌唱开。

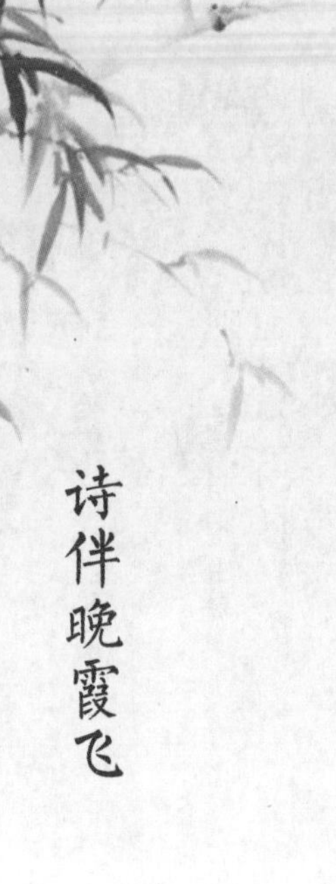

自娱又自乐，
预防脑痴呆。
今天过日子，
乐哉啊乐哉。
明天照样过，
应该即应该。
退休自在活，
悠哉再悠哉！

2021年8月23日

智高技精为英豪

（一）

柴米油盐下锅煲，
三顿不离碗筷勺。
合家紧围桌边聚，
筑美梦想情结牢。

（二）

善者不忘人之初，
关爱强音耳边绕。
忠者不忘感恩德，
报答善举不徒劳。

（三）

勇者不忘闯天下，
披荆斩棘不屈挠。
能者不忘勤习练，
智高技精为英豪。

（四）

儿孙满堂人兴旺，
人尽其能要勤劳。
家人同舟航大海，
水急浪大过暗礁。

（五）

家长就是船舵手，
选准航道橹杆摇。
齐心协力船奋进，
乘风破浪不抛锚。

（六）

狂风暴雨冲过去，
灼阳烘晒心不焦。
海上风景多美丽，
难比中秋月圆高。

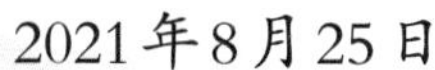

2021年8月25日

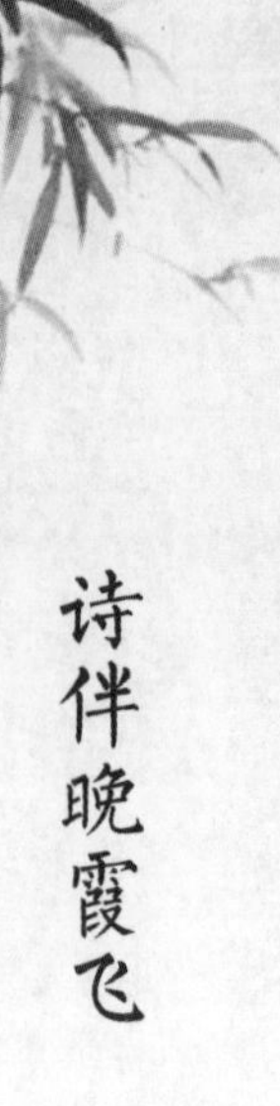

请到黄江荔香诗社来

（一）

诗人们，
请到黄江荔香诗社来。
深坑山泉水，
浇灌荔花开。
归鸟林中栖，
塘鱼钓上台。
晨光灵感生，
晚霞送诗来。

（二）

朋友们，
请到黄江荔香诗社来。
诗社在村里，
广纳四方才。
村民住楼宇，
望远把头抬。
客家人好客，
欢迎朋友来。
山边酒店聚，
美食随便点。
闲聊亲问候，

清茶壶杯摘。

（三）

同志们，
请到黄江荔香诗社来。
黄京坑战斗，
溃敌团连排。
山歌颂胜利，
久唱喉不衰。
如今诗社建，
献诗又捐财。
打造文化村，
诗园百花栽。
诗台朗诵会，
句句动心怀。
深山荔果甜，
溪流涤尘埃。
香飘年四季，
群诗多品牌。

2021年9月8日

山边的人家

（一）

留住山坡在，
不忘花木栽。
梯级层层绿，
阴凉驻居宅。

（二）

坑洼围塘池，
趣乐满胸怀。
晨运打太极，
晚伏读书台。

（三）

墙面书画卷，
记载种养材。
沿边植果树，
随手酸甜摘。

（四）

春夏秋冬日，
朋友纷沓来。
常常有聚会，

名茶酒品牌。

（五）

佳肴待宾客，
老少笑颜开。
热心公益事，
出力又捐财。

（六）

清溪湖边旁，
黄姓华精才。
客家人后代，
银屏山近挨。

2021年9月10日

手机伴日夜

早点新闻网，
内外事看清。
读懂五洲情，
了解四海兵。
午开朋友圈，
感觉更精彩。

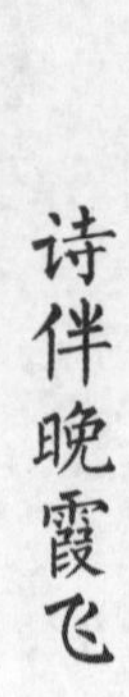

昨日今晨过，
身影明又新。
晚入娱乐群，
美妙流入心。
悠歌多动听，
翩舞颇欢欣。

2021年9月13日

防寒保暖

腊月广东渐渐冷，
勿忘早晚补衣裳。
玉身近靠火炉灶，
口嘴常尝热滚汤。

2021年10月3日

自娱自乐

步行小路园边过，
太极柔拳慢慢忙。
粤曲声声兴快乐，

网聊驱散旧忧伤。

2021年10月3日

测核酸

口腔病毒测查清，
证明属性是阳阴。
阴者不进隔离室，
如一疑阳累十人。

2021年12月15日

抗疫

为民执政党英明，
防控疫情众一心。
群众健康须保护，
病毒别往我国侵。

2021年12月15日

减一减

苦累减一减，
轻松每一天。
劳逸相结合，
健康到晚年。
消费减一减，
积蓄多一点。
灾难来临时，
不用去借钱。
食量减一减，
体重在中间。
不肥不瘦弱，
实力强又坚。
忧心减一减，
快乐多增添。
生活安稳过，
老少笑开颜。

2021 年 12 月 23 日

饮水思源

（一）

儿时村有井，

井水滋养人。
挑水回家里，
三餐煲煮蒸。
冲涤浇与洗，
勺舀清水淋。
酿酒和泡茶，
满堂香盈盈。

（二）

如今自来水，
开关特别灵。
大小随意调，
省力又省心。
阳台种花草，
水浇叶茎根。
流入各门户，
生活有水平。

（三）

饮水要思源，
不忘挖井人。
前辈多贡献，
功德千万斤。
饮水要感恩，

报国尽忠情。
永远跟党走，
奔向新征程！

2022年1月10日

暗恋

玫瑰手中无味香，
不知哪位是情郎。
夜黑花束门旁放，
天亮残花已冻伤。

2022年2月14日

迎郎

情人节里表忠心，
何苦又将笑脸藏。
只要阿哥情专一，
心花如蜜妹迎郎。

2022年2月14日

汤圆

一早卖汤圆，
不只为赚钱。
人人忙工作，
元宵省时间。
一早买汤圆，
图个团圆先。
家家老小聚，
元宵喜连连。
午晚煮汤圆，
有咸也有甜。
个个吃进肚，
元宵乐无边。

2022年2月15日

升免

防控事情重不轻，
冠扰官位一天天。
政施得力职升上，
驱疫无能就地免。

2022年3月5日

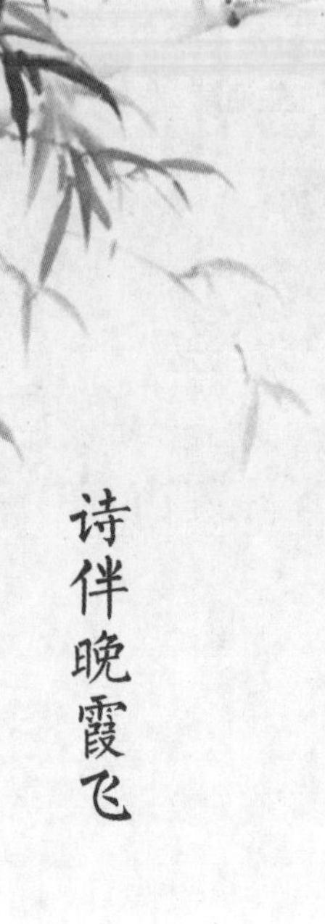

游宇临近时

古老拐杖移，
新老轮子驱。
拐杖移人累，
轮椅生情怡。
科学美人意，
时代鼓励激。
学好高技术，
游宇临近时。

2022年3月9日

出租

良田已建厂，
赶紧去租房。
夜宿日三顿，
租金用上场。

2022年3月9日

走园路

小路往深园，
晨时走数圈。
黄昏常漫步，
畅顺在心间。

2022年3月19日

送快餐

饭菜一盒盒，
便宜味道香。
开机呼外卖，
快递解繁忙。

2022年3月20日

忆童趣

村前河满水，
水里鱼蟹多。
捕蟹兴童趣，
烧食砌灶窝。

香飘田野外，
气坏洗衣婆。
耍弄争烧味，
别伤水地禾。

2022年3月21日

防控治

实行冠疫防控治，
政府行为民支持。
封闭隔离防病侵，
戴罩洗手驱菌离。
检测核酸查阳性，
冠病医治良药施。
普及打完第三针，
身体健康强不息。

2022年3月23日

风景篇

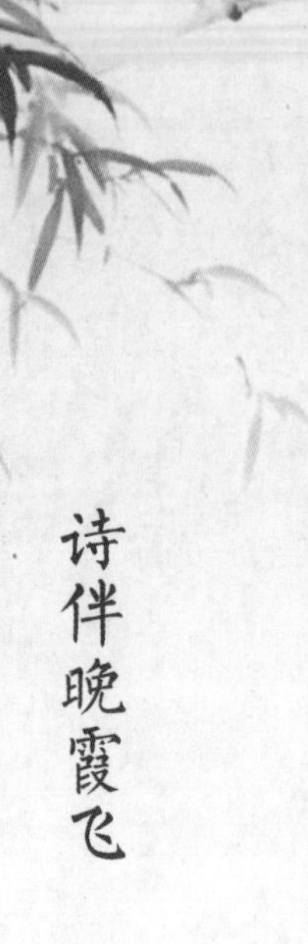

土耳其的雪

土国雪天地海涯，
游客乘车瑞雪压。
土国大雪世间甲，
难得精彩雪晚霞。

2016年1月18日

小榄菊花展

菊花展，
如浩瀚的大海，
滚滚的浪花，
点缀魅力无穷的小榄镇。
花海，
如诗如画，
缔造了民主革命到改革开放的辉煌。
花海，
红黄绿，五颜六色，
描写了勤劳勇敢的小榄人民。
孙中山一生为国家而奋斗，
领导辛亥革命，
救国、救民，

带领劳苦大众，
将革命进行到底！
花美，
人们川流不息，
赏花、抒情和拍照。
故居、故乡，天安门和长城，
菊花搭砌、菊花造型，
如此完美，
如此逼真，
如此超群。
花梦，
花海阔无边，
灿烂、芬芳，
五彩缤纷。
飞天火箭高高立，
谱写出改革开放后崭新时代的篇章，
绘制成奔小康的蓝图，
激励万众一心，
向前，向前，再向前！

2016年3月10日

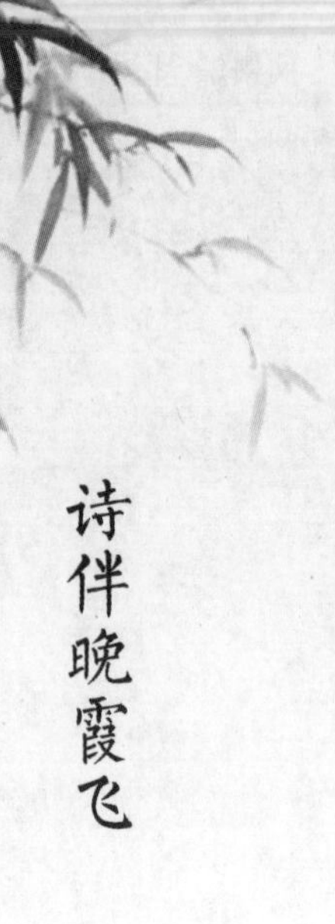

公园运动

黎明早起床，
赶到镇前方。
漫步公园路，
轻松健步扬。
双目频观近，
周边运动忙。

2017年3月9日

山水国画

（一）

国画多为山和水，
山喻气魄水喻清。
喻国强大后盾实，
喻人文明有礼仪。

（二）

中央礼堂会客厅，
山水国画执政明。
地方会室山水画，
传达政令壮志凌。

（三）

家中厅室山水画，
丰衣足食年年余。
日夜看见山水画，
昂首向前不停息。

2017年6月23日

家花

（一）

家花美又艳，
如玉摆厅边。
绿叶虽不多，
花瓣紧相连。

（二）

打开阳台门，
光照树叶根。
提壶浇花茎，
花香飘身边。

2017年8月22日

赶超追

花开花谢满天飞，
蕊汇成团挂树枝。
欣艳近临青绿叶，
闻香常乘顺风吹。
幼苗培育艰辛累，
水果收成幸福随。
遍地资源山里取，
农村致富赶超追。

2017年8月23日

秋光

秋天日间长，
阳光照四方。
万物有因果，
秋后算清账。
秋光似晚年，
虽亮慢降墙。
善待秋时日，
笑迎风雪霜。

2017年8月27日

朝夕

朝阳灿烂又绚丽，
象征人生年轻时。
夕阳西下红霞飞，
象征晚年青春失。
少时熟读古典诗，
壮时赋诗满生机。
老时字画诗伴歌，
生活增乐添气息。
年轻干事争朝夕，
事半功倍美梦迷。
晚年健身争朝夕，
换来天天好身体。

2017 年 8 月 28 日

花儿竞争妍

（一）

改革开放前，
农村花少鲜。
山上采花归，
隔日花儿蔫。

（二）

改革开放后，

百花竞争妍。

花苗园里栽，

芬芳满人间。

（三）

路边植花草，

行人喜心田。

阳台开鲜花，

全家乐无边。

（四）

村女胸佩花，

赛过七女仙。

情郎玫瑰送，

爱心磐石坚。

2017年9月6日

西樵山

南海西樵看亮点，

聚焦山林景似仙。

四方游客踏山至，
寻找美好在人间。
仙女山顶高高坐，
疑吟诗文情连绵。
人燃烛香拜仙女，
祈求平安福寿添。
天王宫边路途远，
游客漫步叹悠然。
难得径旁奇竹见，
又看茶花开路边。

2017年10月17日

顺德清晖园

清晖园，
建于一八〇〇年。
展示古建筑，
精彩一篇篇。
古屋琉璃瓦，
宽阔庭院间。
小巷深又窄，
条条长连绵。
池塘三五个，

水中种荷莲。
凉亭旁边立，
游人叙闲言。
大树一棵棵，
半数上百年。
雕龙又画凤，
亮点镶门檐。
诗文藏屋里，
卷面映眼帘。
前人学文化，
考取宫状元。
粤曲琴弦奏，
忆古颂今天。
游客四方来，
忘返又流连。

2017年10月18日

旅游中东埃及行

（一）沙漠地

荒凉干燥难栖息，
近年开发旅游区。
高档酒店傍海岛，

海底燃气开采急。
沙漠管道粗又长，
采气送气不停息。
埃及经济添生机，
天然气屡立奇绩。

（二）赏海景
起早赶到海滩边，
扬风舒袖望天宇。
朝阳普照红海面，
波光粼粼如画诗。
游人纷沓而至此，
赏海轻松心情怡。
踏浪冲沙坐越野，
海天相恋景妩媚。

（三）吹海风
红海岸路长又窄，
听涛脚步迎风疾。
风吹海浪哗啦啦，
涛声依旧如雷击。
远处波逐浪花翻，
近邻风骚无比喜。
辉映大海片片光，

风顺人心口无语。

（四）卡纳克神庙

卡纳克神庙，
卢克索民间。
供奉太阳神，
代代拜祭参。
历史悠久远，
壮丽又谨严。

（五）游尼罗河

帆起船悠悠，
游河细语悉。
歌声乐痴迷，
相见不相识。
上岸走堤道，
过桥蕉林息。
咖啡香气升，
情趣紧相依。

（六）金字塔

塔尖，
高136.5米。
四棱锥形体，

塔身矗天宇。
挺拔大气魄，
感慨深叹息。
塔宽，
边长200余米。
巨石外地来，
堆砌高塔体。
巍巍沙漠立，
悠悠空中居。
塔美，
世界七大奇。
游客四方至，
雄伟影沙池。
心情美滋滋，
莫忘此缘时。

2017年11月8—16日

寒雨

春寒雨起是谚语，
年年如此皆准时。
男人耕田选种浸，
女人洗被又洗衣。

学生寒假即将近，
可以回家自温习。
寒风吹叶沙沙响，
冷雨飘飘湿树皮。
南方春寒地沉默，
万物自寻暖生机。
寒雨到来春节近，
解忧迎喜人熟悉。

2018年2月5日

迎春花市金橘红

迎春花市金橘红，
狗年金橘摆家中。
金橘如同狗铃挂，
狗叫铃鸣闹隆冬。
金橘带旺好年景，
春早起步向前冲。
再创伟业美梦筑，
勤劳致富不会穷。

2018年2月13日

颐和园中行

磷石园中砌，
塑巧圃里植。
众客齐声赞，
佳品人着迷。
麒麟精雕塑，
形象比真余。
古匠功夫细，
今者借鉴之。

2018年3月24日

闹元宵

（一）

雨停天晴元宵节，
日出东方耀今朝。
春风轻轻吹大地，
柳枝绿绿湖边飘。

（二）

白天锣鼓鞭炮鸣，
晚上烟花升空高。

明月悬天圆又亮，
难得景色丽多娇。

（三）

太平盛世人鼎沸，
载歌载舞摇呀摇。
亿万人民闹元宵，
海内海外尽风骚。

2019年2月19日

传承古文化

石排传承古文化，
榕树榕根榕枝丫。
婆娑老榕荫后代，
四季常青旺万家。
古庙古祠古迹留，
游人观赏翘指夸。
宽阔天池流不尽，
象征财源哗啦啦。

2019年2月23日

湾区打造浪潮临

群峰岳脉附丘陵，
绿水青山景色清。
绿道绕湖车紧踩，
市民游玩乐时兴。
黄江水库天天静，
东莞锦图月月新。
狮跃高空腾起舞，
湾区打造浪潮临。

2019年3月6日

名花高处爬

杜鹃长悬崖，
石缝根深扎。
日夜经风雨，
春天盛开花。
花朵红彤彤，
美丽似朝霞。
游客齐称赞，
名花高处爬。

2019年3月21日

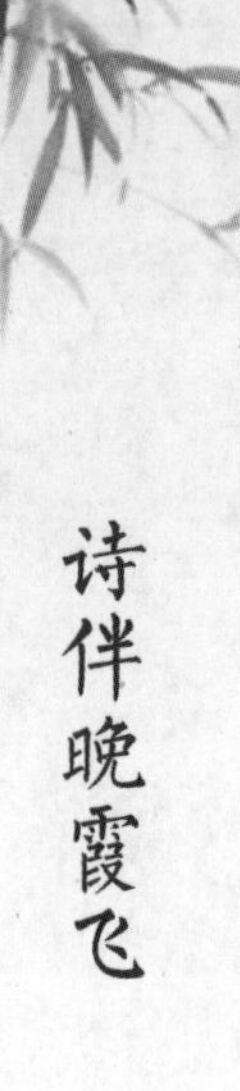

林密百鸟回
——赞植树节

群鸟沐晚霞，
各自往巢归。
栖身树林里，
蓄锐再高飞。
晨出食物觅，
暮返暖雏堆。
全民齐植绿，
林密百鸟回。

2019年3月22日

泉

泉流高山下，
小溪哗啦啦。
流进湖塘中，
养大鱼和虾。
装入塑料桶，
煮饭又泡茶。
汇聚江河海，

美丽波浪花。

2019年3月26日

日丽

朝阳喷薄，
洒满大地，熠熠生辉，
沐浴人们双脚勇往直前，
开始。

正日高照，
映射大地青黄红绿黑紫蓝的漂亮，
照耀人间老中青少幼婴的笑脸，
美丽。

晚霞隐退，
激荡充满温馨的情怀，
收获金光闪闪的硕果，
感恩。

2019年4月19日

白云

天上白云像瑞雪，
皑皑飘荡挂空间。
劲风驱散云团聚，
风小把云赶一边。

2019 年 4 月 24 日

戏雨

手擎雨伞行，
风吹水珠飘。
布已淋湿透，
物随漂流摇。
小伞不遮天，
难防身上潮。
双脚在戏水，
任凭雨撒娇。

2019 年 6 月 24 日

祖国河山今多娇

旅游客车座位高，
高高在上视野辽。
车行高速快又稳，
窗外风景远近摇。
空间宽阔增活气，
站唱歌儿不弯腰。
观望车外高远处，
祖国河山今多娇。

2019 年 8 月 30 日

天上地下红彤彤

乌云遮天朦胧胧，
预兆即将刮台风。
城中街灯照样亮，
市民警惕没放松。
任由狂风暴雨来，
党员干部齐抗洪。
风雨之后彩虹现，
天上地下红彤彤。

2019 年 9 月 9 日

参观南沙区展览馆
——黄江镇政府退休干部外出参观学习

广州南沙起步早，
打造湾区目标高。
高速铁路连成网，
人民安居赶新潮。
天蓝地绿水清秀，
商通四海夕与朝。
明珠日夜放光彩，
城市丰姿尽多娇。

2019年10月17日

百万葵园在南沙
——黄江镇政府退休干部外出参观学习

百万花籽南沙撒，
鲜花朵朵向阳开。
广州郊外花世界，
风吹芬芳扑面来。
赏花闻花心开花，
润肺怡神防痴呆。
谁若到此游一圈，

栽花护花记入怀。

2019 年 10 月 17 日

翻阅昨天的照片
——黄江镇政府退休干部外出参观学习

翻阅昨天的照片，
儿童乐园现眼前。
各种玩具挺先进，
轮流演练不争先。
遥控船只水上行，
轨道火车走圆圈。
坦克开炮轰隆响，
飞机扶摇冲上天。
少年儿童忙玩耍，
家长脸笑站旁边。
广州南沙区政府，
关心后代青少年。

2019 年 10 月 18 日

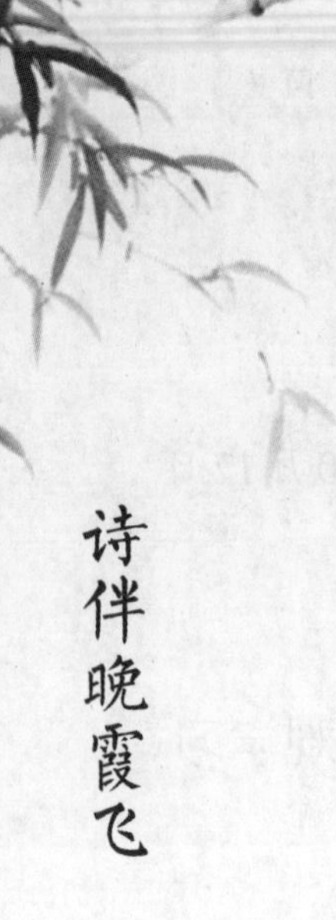

台摆富贵竹

（一）

台摆富贵竹，
家庭美丽图。
亭亭而直立，
时刻雅兴出。

（二）

台摆富贵竹，
心态可满足。
看淡瓶中水，
祈求赐清福。

（三）

台摆富贵竹，
叶翠劲茎粗。
屋里佳丽留，
日夜春风拂。

2020 年 1 月 10 日

立春雨

一场春雨到，
洗涤肮脏槽。
流水送病走，
春花迎风摇。
老鼠雨里窜，
慌忙归穴巢。
瘟疫随水逝，
人间少忧愁。

2020 年 2 月 4 日

百合花

百合花争开，
不误春时来。
花瓣紫红艳，
绿叶向上抬。
厅室摆百合，
家和可进财。
祈盼心顺顺，
烦恼快走开。

2020 年 2 月 13 日

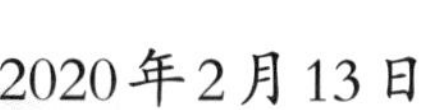

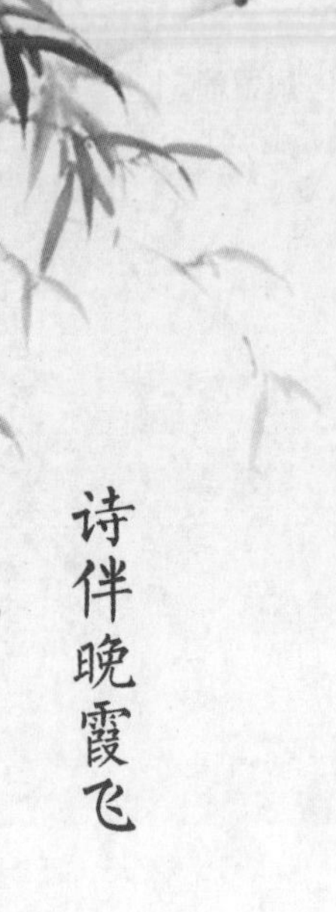

美丽久留人心中

宅林园中木棉树，
春暖花开红彤彤。
引来鸟雀枝头唱，
描绘楼房开门红。
宅民盼得春来早，
尽享温馨乐融融。
众手同绣天和地，
美丽久留人心中。

2020年2月29日

中国温暖满人间

药箱还是沉甸甸，
疫苗支援到欧盟。
新冠肺炎无国界，
白衣天使莫等闲。
治病救人德高尚，
保卫健康斗志顽。
世界平安我尽责，
中国温暖满人间。

2020年3月16日

笑对空篓无怨急

晚霞绚丽西边垂，
风景独好能几时。
明知天暗难挡日，
何愁亮点有结余。
春夏秋冬岁月逝，
静坐湖边钓游鱼。
观察色彩瞬变黑，
笑对空篓无怨急。

2020 年 3 月 18 日

美丽之路在眼前

春回大地人间乐，
花开园中香外天。
钱进宅里老少喜，
雄心壮志开新年。
牛劲冲天拓广野，
美丽之路在眼前！

2021 年 2 月 22 日

雨贵下及时

春雨带来喜，
似歌又如诗。
水滴声声脆，
飘落柔柔丝。
夜雨催人眠，
日雨赐生机。
四季春为早，
雨贵下及时。

2021年3月4日

黄江大道真迷人

黄江大道真迷人，
城市优雅景色亮。
道上小车行慢慢，
走街百姓散散心。
若你驾车从中过，
灯列旁边照里程。
结伴拉手同漫步，
感情日日在加深。

2021年3月9日

梦中清水河

梦中清水河，
泉源山坑湖。
弯曲村庄过，
流入各户厨。
河中童戏水，
河边挑水夫。
河旁恋语细，
河里鱼虾捕。
朝闪晨光辉，
夕绘晚霞图。
梦醒窗外望，
车奔高速途。

2021年3月18日

游览贺兰山

银川东傍母亲河，
滋润大地业昌永。
北依贺兰父亲山，
抵御风沙长生存。
一览山下岩画馆，

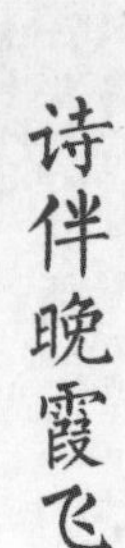

名家佳作竞风云。
再到山边看河流，
干涸河床石嶙峋。

2021 年 4 月 25 日

走进通湖草原

客车慢慢驶向前，
悠扬牧歌响耳边。
通湖草原阔无际，
玩乐迟来在晚年。
骑上骏马壮志气，
叮当驼铃醉心田。
越野车奔沙漠里，
歌舞升平不夜天。

2021 年 4 月 26 日

来到黄河边

来到沙头镇景区，
脚踏天梯登上山。
今生黄河已到过，

是非成败化云烟。
黄河动感玻璃桥，
隔镜可见波浪掀。
扶住栏杆四处望，
环境优美晴朗天。

2021 年 4 月 27 日

参观宁夏博物馆

西北宁夏多沧桑，
风霜雪雨沙石狂。
战天斗地筑美梦，
人民跟随党中央。
今日宁夏好去处，
回汉团结坚如钢。
农牧副游齐齐上，
塞上江南赶小康！

2021 年 4 月 28 日

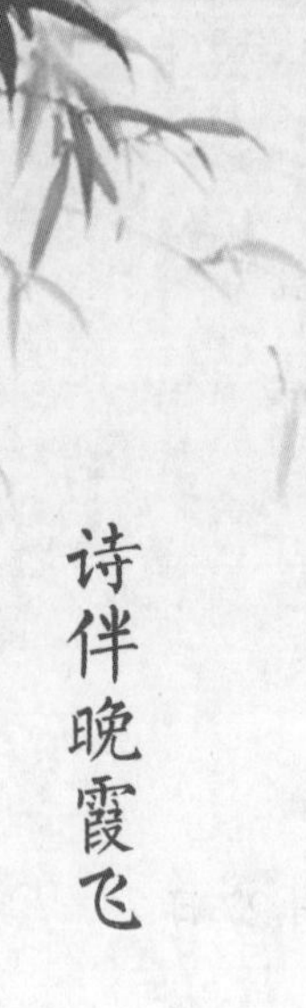

秋天里

（一）

秋风送爽早晚凉，
秋气燥热叶枯黄。
秋雨少许河床显，
秋光映照硕果香。

（二）

秋蝉鸣声细悠悠，
秋虫迷睡花木床。
秋鲤翻身肚皮白，
秋餐丰盛客满堂。

（三）

人看秋天彩云飞，
人沐秋阳神志昂。
人扫落叶心平静，
人敬事业日夜忙。

（四）

年年送来好秋季，
日夜祈求家和祥。
秋雷惊醒山河海，

代代铸就金碧煌。

2021 年 8 月 18 日

轻柔娇艳空中仙

人在秋夜等月圆，
月饼香甜祭品鲜。
香茶美酒浇明月，
掌合腰弯三拜天。
中秋佳节懂情意，
甘洒金黄满人间。
十五夜色最美丽，
轻柔娇艳空中仙。

2021 年 9 月 7 日

放声同赞秋天好

（一）

虽然秋天已来到，
可是炎炎似火烧。
日间三十七八度，
夜间无人关空调。

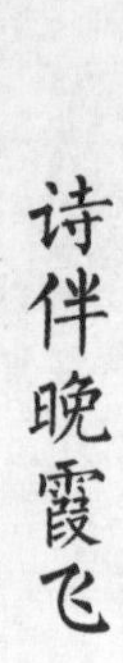

人称此为“秋老虎”，
燥气如同夏温高。
人们祈祷秋天雨，
消暑解闷待明朝。

（二）
寒露连日秋雨下，
悠悠凉风雨丝飘。
穿上秋衣帅又美，
满腔热忱意志豪。
秋去冬来快一年，
金秋硕果酬勤劳。
放歌同赞秋天好，
齐步快跑赶新潮！

2021年10月9日

笋

竹林多春笋，
遇雨破土出。
笋尖如笔锋，
笋杆壮又粗。
晨披露水衣，

午躺缕光枢。
晚聆雀鸟声，
夜生青绿肤。
鲜笋上餐桌，
肠胃清油污。
笋干买回家，
顺利意相符。
群笋立林中，
增色美景图。
笋品在人间，
古今无穷途。

2021 年 11 月 8 日

春天的信息

春天信息暖气候，
园中花蕾撕开苞。
香飘四方引彩蝶，
红黄紫蓝任人挑。
细雨连绵湿大地，
万物和风争夕朝。
威虎双手敲金鼓，

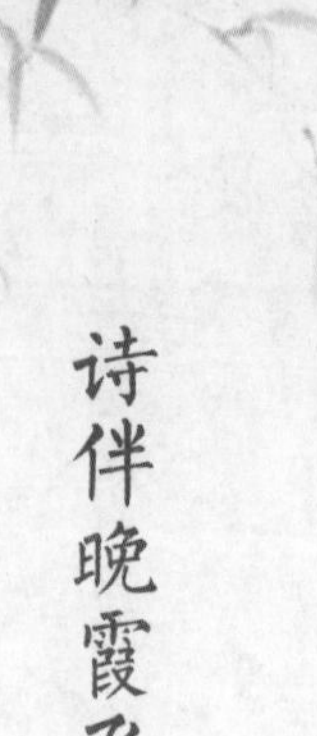

创建湾区掀高潮。

2022年2月2日

不失时机快快先

立春雨水滴滴贵，
流入村庄满满田。
雨打芭蕉片片绿，
人饮清水口口甜。
虎年送来绵绵雨，
难得雨休朗朗天。
蓄水皆为忙忙种，
不失时机快快先。

2022年2月4日

最爱春天日和夜

（一）

等到春暖花开时，
熬过雨淋暑寒击。
人生最爱春日夜，
奋发向上新生机。

（二）

等到春暖花开时，
香飘四处景色迷。
大地最爱春日夜，
迎风接雨心旷怡。

（三）

等到春暖花开时，
和煦阳光洒室居。
天空最爱春日夜，
百鸟飞过林中栖。

2022年2月9日

春风又绿岸边柳

春风又绿岸边柳，
柳叶飘摇片片梳。
鱼跃穿梭急速过，
水波慢卷浪层湖。
鸟儿树上喳喳叫，
枝细风中快快拂。
鱼队不听群鸟唱，

畅游深水自沉浮。

2022年2月12日

黄旗山上挂灯笼

黄旗山上挂灯笼，
屹立空中血染红。
俯视莞民龙舞起，
佑扶街镇顺雨风。

2022年3月8日

森林公园

公园依山建，
林水紧连天。
绿道弯又平，
花草植两边。
市民视为宝，
假日择公园。
老少携手游，
忘返乐无边。

2022年3月10日

读石

磐石园中矗，
硬朗傍弯途。
撰上名言句，
游人细细读。

2022年3月20日

俄罗斯

（一）红场
十月革命立功勋，
今日国旗上空扬。
宽广雄伟又壮丽，
阅兵年年在广场。
内外建筑游客赞，
崭新标签立红场。
天天敬礼迎日出，
继续革命向前方！

（二）圣彼得堡
彼市城内河流多，
河水清清映两边。

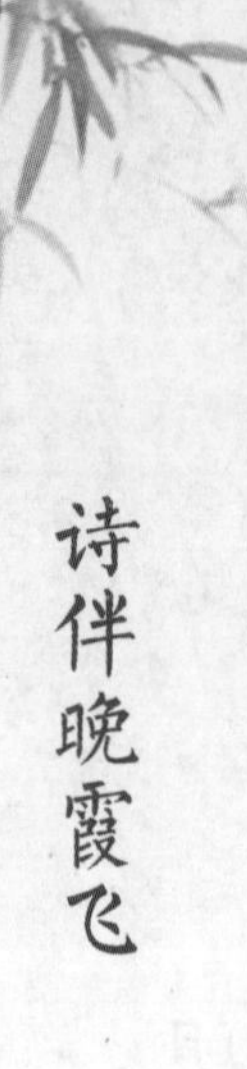

湼瓦大街古楼宇，
兴建三百多年前。
教堂建筑最堂皇，
分布彼市城中间。
河边汽车匆匆过，
河面游船客聊天。

2022年3月20日（摘编）

老挝

中国老挝同合作，
高铁路段建一年。
联合开发贸易区，
先办工厂制食盐。
晚渡游船观夜景，
两岸灯光不夜天。
游人晚餐船上用，
边食边聊笑开颜。

2022年3月20日（摘编）

土耳其

爱琴海面水静静，
恋海情深心痴痴。
博大胸怀纳百川，
千舟飘往远方移。
地中海上人繁忙，
渔民奔波求生息。
浪推船摇网撒开，
捕回鱼虾换粮衣。

2022年3月20日（摘编）

中国云南

途中景点普洱市，
森林公园最迷人。
茫茫林海阔无边，
百花盛开香气萦。
青山起伏连不断，
溪水长流清凌凌。
动物林间奔相告，
游客掌声齐长鸣。

2022年3月20日（摘编）

哲理篇

鱼缸养鱼

（一）

鱼缸之鱼游呀游，
游来游去短距离。
游鱼游姿人欣赏，
鱼缸冒泡鱼呼吸。

（二）

家里鱼缸该多大？
最大不超厅面积。
鱼缸放鱼该多少？
最多不满缸中池。

（三）

鱼缸移厅又移室，
移这移那鱼不知。
鱼缸储水不暴涨，
大小游鱼同生息。

（四）

自立世间知位置，
鱼缸游鱼不越级。
定好规格自在活，

朝朝夕夕皆适宜。

2017年6月14日

懂得

（一）

懂得冷暖会过日，
冷加厚服热薄衣。
温暖永远在人间，
宜时换装人皆知。

（二）

懂得味道有知识，
因人调味浓淡宜。
酸甜苦辣桌上摆，
筷准菜膳不错匙。

（三）

懂得吃苦向前驱，
水深火热志不移。
苦去甘来靠拼搏，
成功不负苦坚持。

2017年6月21日

也许

（一）

也许人生像鲜花，
成名成家人人夸。
一生多为掌声活，
一生都有俸禄拿。

（二）

也许人生似座庙，
祈求运气平台搭。
一生香柱烧不断，
一生无为佛泥巴。

（三）

也许人生像棵树，
遮阴众生听喧哗。
一生自廉图安静，
一生无求少冤家。

（四）

也许人生无法比，
一生淡饭饮清茶。
一生随缘顺风走，

安得身健延年华。

2017年7月10日

暑期经商实践

秋日午后空气好，
学生创业掀热潮。
营销摊位公园摆，
理论实践记得牢。
领导致辞鼓志气，
团员到位勤操劳。
迎来四方众客人，
经济效益年年高。

2017年8月10日

老师育人

教育老师职，
严师育壮苗。
身先亲示范，
善导巧施标。
校内学生爱，

回家孝记牢。
扬书传智慧，
健美品行操。

2017年9月10日

阶梯

阶梯级级升天空，
有人挺胸上顶峰。
阶梯级级降低处，
有人弯腰下梯终。
有上有下皆正常，
人各有志途无穷。
高处有时不胜寒，
低处也有冰雪风。
高者需护防冷罩，
低者亦穿厚棉绒。
做人目标有高低，
能上能下最轻松。

2017年9月18日

顺针走

零时开始转一圈，
即是日间正午时。
顺时转动圈复圈，
日月季年不休息。
人生步步顺针走，
筑就仕途锦衣披。
如欲事事逆针行，
老天分秒都不依。

2017年9月26日

勤劳致富

（一）
欲富选择去参赌，
那是一条死胡同。
长赌必输心服气，
败光钱财无前途。

（二）
欲富选择骗盗抢，
那是一座地狱窟。

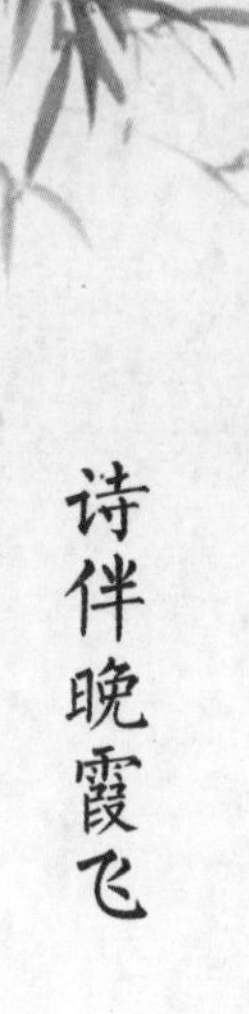

众人唾骂事为小，
牢底坐穿亡命徒。

（三）

勤劳致富是正路，
起早贪黑多吃苦。
双手赚攒金银宝，
日久天长能富足。

2017年10月1日

看游鱼

池中群鱼沉水底，
闻见响声嘴呼吸。
尾摇池水游一阵，
翻身露肚献舞姿。
客人撒下香饲料，
鱼追鱼抢不停息。
掌鸣助威鼓劲力，
各奔西东鱼焦急。

2017年10月20日

金子出地皮

有才成能人，
施展寻时机。
艺高为明星，
掌声常相依。
伯乐慧眼识，
骏马行千里。
大浪淘沙石，
金子出地皮。

2017 年 10 月 28 日

名正言顺雄心大

名不正而言不顺，
言不顺则事难成。
名正言顺雄心大，
扬鞭快马奔前程。
在职做事负责任，
明权决策指挥灵。
建设现代化中国，
恪守法规勇创新。

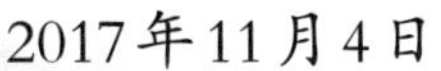

2017 年 11 月 4 日

力量

十人抬起一人易，
一人举起十人难。
世间代代讲互助，
你帮我助渡难关。
帮人克难善心尽，
助人为乐笑开颜。
人人齐心力量大，
众手绘美江和山。

2017年11月25日

感恩

感恩一词挂嘴边，
实际行动要永远。
身在福中知福来，
谢党谢国谢民恩。
感恩首先讲贡献，
爱民深藏在心间。
善事好事坚持做，
积德善为报青天。

2017年11月26日

戒烟

年尾有钱丰盛过，
饭后抽烟似神仙。
轻吹云雾飘四方，
嘴叼名烟喜心田。
赚钱多少凭能力，
香烟优劣靠金钱。
过年花钱如流水，
心肺吸满尼古丁。
金钱日夜赚不尽，
香烟一生吸不完。
坚决戒掉烟陋习，
省钱保健乐无边。

2018年2月12日

让座

座位让给老年人，
爱心乘客表深情。
位尊亲让先前辈，
美德牢记自己心。
地久天长持不断，

海阔地大有慈仁。
和谐社会文明讲，
礼貌铺开锦绣程。

2019年2月21日

法宝

依法治国平天下，
社会稳定安万家。
学法懂法很重要，
自觉守法你我他。
国法宣传大力度，
地方法规常印发。
全民同心护法律，
祖国盛开幸福花。

2019年2月28日

一生何求

一天要什么？
一宿三餐粮。
享受需多少？

夜灯日阳光。
一生求什么?
茶甜饭菜香。
亮点不抹黑，
影正人健康。

2019年3月7日

啃馒头

早餐啃馒头，
好感脑里留。
馒头甘甜味，
舌尖品风流。
馒头来不易，
面团揉呀揉。
挥洒煎熬汗，
清香飘悠悠。

2019年3月8日

春雨赐金

春天下雨日连绵，

流到人间赐水钱。
万物吸收皆快长，
名茶饮料摆街边。

2019年3月11日

星

酒店档次评星级，
星多吸引贵客人。
演员身份星定价，
明星一夜纳万金。
微信常常星光闪，
日夜飞上手机屏。
欲问何处星最多？
天上人间难点清。

2019年3月25日

安

心安理能得，
身安温暖窝。
家安平静日，

民安社会和。
邦安不分派，
国安强祖国。
天安无灾害，
地安福祉多。

2019年4月1日

两种活法

人若出名赚钱易，
名气飞扬拦不止。
四方财源滚滚来，
生活越过越高级。
没有名气靠实力，
日出而作少钱余。
三餐一宿日平淡，
安稳生活好目的。

2019年4月3日

晨光勿误

朝阳红又圆，

悬挂在东边。
湖中倒影现，
万物皆新鲜。
人勤早为径，
成就人领先。
晨光最宝贵，
勿误此时间。

2019年4月7日

自知之明

自知之明诚可贵，
奋斗进取量力行。
颜值保护适而可，
智能喷发须及时。
缘机把握心确定，
坚强意志永不移。
作乐不宜走极端，
悲伤情绪速停息。
锻炼亦需依体质，
切勿超越无休止。
进食过量不健康，

生活合理不差池。

2019年4月10日

联合禁毒有力量

联合禁毒有力量，
吸毒分子惊又慌。
贩毒犹如过街鼠，
干群齐心撒网装。
社会学校和家庭，
强大队伍上战场。
端窝堵源缴毒品，
保家卫国护健康。

2019年4月12日

招聘

如今用工靠招聘，
一考二面三体检。
机关事业和企业，
制定条例聘用人。
学历越高越优待，

应聘上岗易提升。
学历偏低可揪心，
门槛难跨低薪层。

2019年4月20日

劳动最光荣

日历像本书，
“五一”有插图。
赞扬劳动者，
双手创幸福。
撒开膀子干，
奔向新征途。
劳动最光荣，
成功不忘本。

2019年5月1日

洗濯身心穿新装
——献吸毒者

毒友赐毒黑心肠，
害己害友臭名扬。

欲做挚友先戒毒，
远离毒品修善良。
朋友标准看品德，
知错即改友莫伤。
互相监督毁毒穴，
洗濯身心穿新装。

2019年5月21日

提醒

夏雨伴雷鸣，
地下湿淋淋。
惊雷天划破，
下手不留情。
暴雨不停歇，
避雨须当心。
雷电致人伤，
树下勿栖身。

2019年5月23日

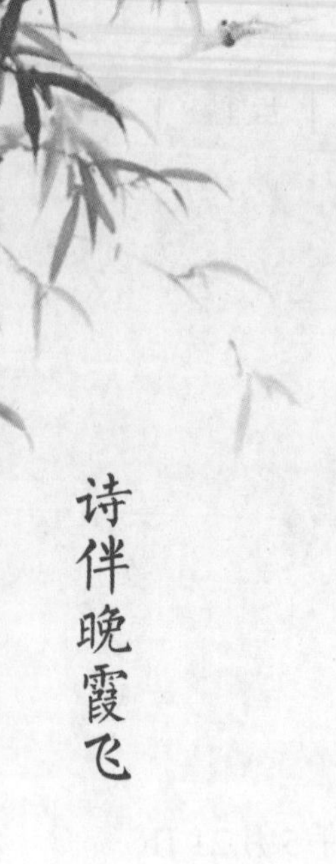

祈盼安康日夜依

已是黄昏自己知，
禄多求取无缘机。
百花酷爱肥泥水，
株树不离绿叶披。
花艳招来团聚蜂，
果熟摘下获良时。
红颜渐逝人归老，
祈盼安康日夜依。

2019年6月27日

横沥稻香博物馆

不忘初心东莞人，
改革之前耕农田。
早出晚归种水稻，
面对黄土背朝天。
改革开放送新机，
工商并举多赚钱。
富时不忘贫穷日，
忆苦思甜意志坚。

2019年7月30日

禁毒齐动手

毒品精制作，
深藏祸害心。
如粉像白面，
似糖亮晶晶。
桌上毒样本，
大家辨认清。
禁毒齐动手，
社会多安宁。

2019年8月19日

秋叶

秋风扫树叶飞天，
飘落世间丧尽颜。
扫地人将杂物倒，
贵人拾捡这资源。

2019年8月27日

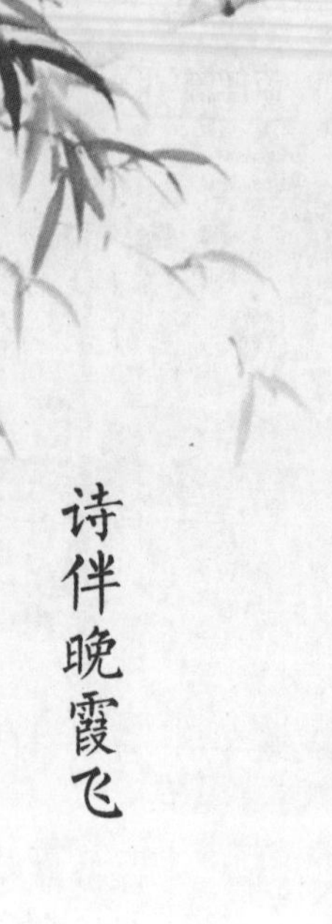

别倒下

倒在酒杯下，
五脏任刀刮。
倒在榴裙下，
名臭招谩骂。
倒在黄金下，
监狱是他家。
倒在毒品下，
害己害爸妈。

2019年9月17日

和谐社会人安康

执法人员主力军，
干群协助举目纲。
处处撒下天罗网，
歹徒末日不久长。
领导带头学宪法，
群众跟上大宣扬。
懂法守法全普及，
和谐社会人安康。

2019年9月27日

千里宝马喂精粮

谁说升高心胆寒，
铁臂吊高搬运忙。
万丈高楼平地起，
实力打造百层房。
人生犹如建高楼，
创业又如铁臂扬。
伯乐还需自己找，
千里宝马喂精粮。

2019 年 12 月 25 日

黄江大道灯笼红

春节临近镇美容，
欢庆亮点首其中。
两旁路灯金光闪，
黄江大道灯笼红。
乡村腾飞争朝夕，
湾区打造不放松。
街道换上新面貌，
筑美梦想立奇功。

2020 年 1 月 13 日

疫战大仗定凯旋

鼠年冠状肺炎病，
湖北病毒传染繁。
中央决策最英明，
党群携手克难关。
全国白衣援武汉，
堵染治症不容延。
千军万马齐奋战，
战“疫”大仗定凯旋。

2020年2月1日

全家苦战疫舱房

鼠年大爱一桩桩，
夫妇争相重任扛。
防控丈夫守岗哨，
医护妻子救人忙。
中医老将爷出动，
白发奶奶送水粮。
寒假孙女做义工，
全家苦战疫舱房。

2020年2月5日

善举暖人心

世上人心重义情，
赶驱危难助别人。
疫场视作银屏镜，
行善送暖大众身。
政策出台施救治，
解囊捐款助平民。
上级鼓励添希望，
天地无灾日月新。

2020年2月16日

明星他们当

明星该谁当？
要看亮和光。
亮度有几大，
光热持多长。
艺人怀小技，
粉墨演艺扬。
灯光美声色，
明星也可当。
科技工作者，

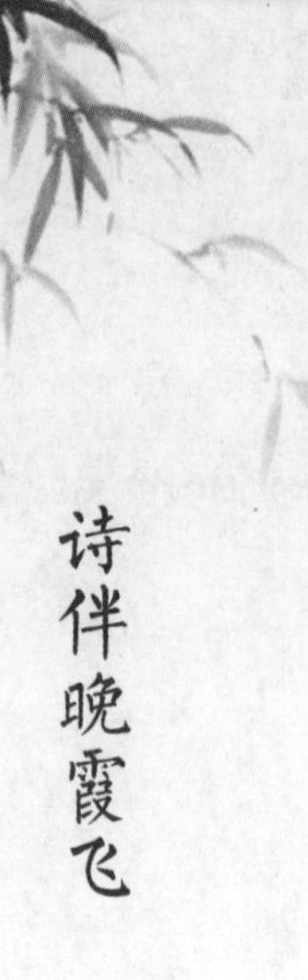

学识满胸膛。
成果归国家，
明星应该当。
英雄多贡献，
牺牲亦无妨。
为民又爱国，
明星无疑当！

2020年2月20日

赞扬

勇以笔喉为武器，
鼓舞斗志战疫情。
黄江文联多作为，
诗文歌舞动人心。
诗人赋诗击要害，
文人撰文批判深。
歌舞频频爱传递，
赞颂战绩日日新。

2020年2月22日

军民携手砸新冠

新冠肺炎快逃走，
赶尽杀绝追穷途。
白衣天使倾巢出，
官兵威武把毒除。
新冠病毒死临头，
围歼号响震神州。
军民携手砸新冠，
粉身碎骨甲不留。

2020 年 2 月 24 日

不获全胜不收兵

新冠肺炎太惊人，
全球无处不入侵。
疫病如魔狠又毒，
烧钱挪命毁前程。
中国打败疫魔鬼，
复工复产再创新。
世人奋勇打疫仗，
不获全胜不收兵！

2020 年 3 月 29 日

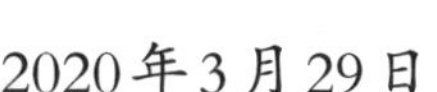

英雄放光辉

国旗半杆垂，
深切哀思追。
新冠侵华夏，
献身名永垂。
丹青留史册，
身躯化骨灰。
白衣最伟大，
英雄放光辉！

2020年4月4日

抗疫识人

水浒人之多，
把酒识群英。
如今文如海，
看字是非清。
现实像面镜，
能辨妖魔精。
中国抗疫难，
锤炼几亿人。
全球瘟疫劫，

恶善摆分明。
得道定多助，
失道寡人心。
海内存知己，
天涯若比邻。
诚实尊又贵，
虚假无藏身。

2020年5月16日

教唱歌

老师说：
人身一把琴，
处处出声音。
音质基因定，
技巧在于灵。
老师说：
人身一把琴，
声色在于心。
音靠气运作，
表情看眼睛。
老师说：
人身一把琴，

高中低音清。
音阶声调准，
歌声会迷人。

2020年5月20日

研讨研讨求什么

研讨研讨求什么？
智商汇聚如大河。
川流不息浪推浪，
高唱前进胜利歌。
经济研讨促发展，
形势研讨平安和。
文艺研讨添精彩，
情感研讨分离合。

2020年7月17日

抄牌

工作很简单，
抄牌写罚单。
不分日和夜，

节假常加班。
难见人笑脸，
骂声已听烦。
维护好秩序，
毫无怨叹言。

2020年8月4日

德高笔生花

文人多大话，
怎样理解它？
有褒也有贬，
有辱也有夸。
文正催人奋，
话歪迷雾撒。
修身兼练笔，
德高笔生花。

2020年8月31日

秋雨轻声告诉人

秋雨轻声告诉人：

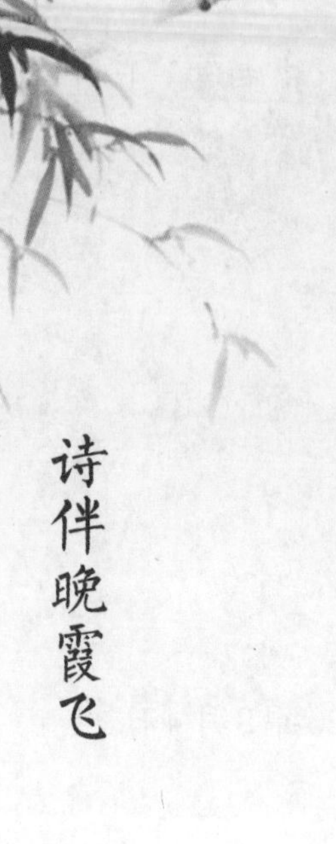

我来寒凉即入侵。
早晚需添衣一件，
夜睡棉絮暖身心。
我走风吹叶落地，
草木干枯盼水淋。
燥气飘游无处藏，
防火安全警钟鸣。

2020年10月13日

爱心地位高

敬老这美德，
盘古传今朝。
只要诚心在，
百折也不挠。
敬老能得福，
秘诀有一条。
不论富贵贱，
爱心地位高。

2021年3月10日

天下父母心

天下父母心，
亲亲儿女情。
付出不计较，
爱心值千金。
儿女在长高，
父母汗水淋。
儿女去上学，
父母掏钱银。
儿女谋工作，
父母求于人。
儿女婚嫁事，
父母操碎心。
儿女生儿女，
父母辛苦临。
儿女事业旺，
父母笑盈盈。
儿女遭波折，
父母抚其身。
儿女不孝顺，
父母心冷冰。
儿女忠孝全，
父母很开心。

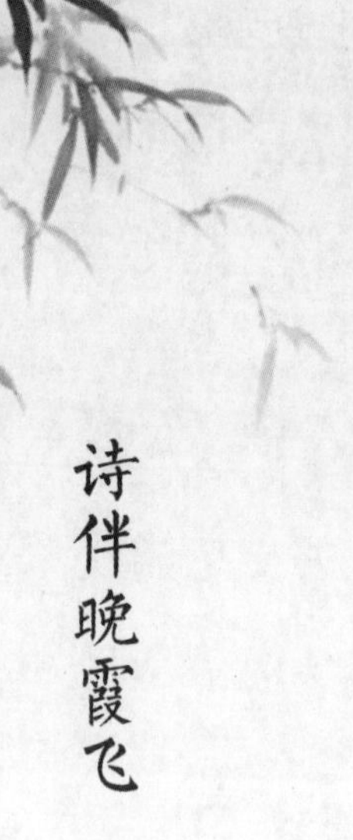

儿女强又壮，
父母腰杆伸！

2021年3月14日

湾区蓝图一亮点

东莞纳入湾区圈，
经济腾飞再争先。
产业链条环扣环。
粤港澳区紧相连。
黄江地处东莞南，
广纳四方多资源。
香港深圳走廊近，
亮点深藏圈里边。

2021年3月16日

长者集合令

（一）

今日晨光亮，
长者聚一堂。
跟着采健去，

乘车往湛江。
车内多笑语，
桌面有清汤。
车奔高速道，
人宿普通房。
出门看世界，
别忘沐春光。
开平旧碉楼，
饱尝百沧桑。
电白红树林，
小岛披绿装。
吴川鼎龙湾，
依傍大海洋。
漫步岸边路，
彩霞垂四方。
心话随口出，
勿误我夕阳。

（二）
次日黎明时，
匆匆起了床。
赶往海陵岛，
玩海鱼虾尝。
稍停购物店，

劝君慷解囊。
商品属优质，
佑护你安康。
荷包皮破旧，
钱币仅几张。
欲买心有虑，
余能再深藏。
下午抵岛屿，
春风吹身凉。
植园如绿洲，
笑声山边扬。
海水蓝湛湛，
波浪冲前方。
长者船舱坐，
兴趣满胸膛。
游船水面行，
感觉不平常。
晚年舒广袖，
守护我夕阳。

（三）

第三天晴朗，
沙滩白茫茫。
留下足印新，

飘动发丝霜。
南海壹号船，
修缮体面装。
记录古海战，
千年事流芳。
阳江十八子，
名噪四海洋。
刀锋实无比，
插遍家厨房。
微信传召令，
长者勇甘当。
旅游排首位，
怡心身健康。
忘记己年龄，
抛弃心悲伤。
浪漫不遗老，
美丽驻心房。
天涯长画纸，
山水浓墨香。
亲自来描绘，
绚丽我夕阳。

2021 年 3 月 31 日

潇洒人生无酒缘

（一）

酒能解闷人间洒，
美酒浇魂兴无边。
自古到今皆饮酒，
曲曲悲歌唱断弦。

（二）

说说醉酒出洋相，
先是人狂口胡言。
再是拳打又脚踢，
闹剧频出痛心田。

（三）

醉酒之人要清醒，
少喝不饮靠志坚。
一切酒梦为泡影，
清醒做人奔向前。

（四）

醉酒之人有失德，
伤人败事祸连连。
美梦不钻酒樽里，

潇洒人生无酒缘。

2021年6月26日

善行留下千秋诗

人生起步何时始，
即从幼小画圆图。
有人胜步无休止，
有人误步入歧途。

幼时学行步蹒跚，
父母双手在搀扶。
童少迈步进课堂，
德智传授有良师。

青壮跨步入社会，
酸甜苦辣装一壶。
黑白两道任挑选，
把握方向不马虎。

难得糊涂指瞬间，
关键时刻不糊涂。
步子可度胜与败，

足迹撰写兴衰书。

有人坚定走正道，
亲朋好友皆欢呼。
有人前歪后归正，
金子出土亮光浮。

如若一生行黑路，
双脚沾满血泪珠。
大千世界人百态，
善行留下千秋诗。

2021年7月5日

众艺绣锦图

（一）
社会是舞台，
你我皆演出。
彰显艺术美，
主配互相扶。

（二）
平凡技艺者，
艺海常沉浮。

容貌雅光淡，
普照主题突。

（三）
英俊技精者，
主角声色符。
一花难独秀。
众艺绣锦图。

2021 年 7 月 17 日

勤劳致富幸福来

福字倒写贴门上，
祈求哪天发横财。
开门出入人平安，
闭门福字日夜歪。
改革开放敞大门，
金山银山任你开。
艰苦创业勇为先，
勤劳致富幸福来。

2021 年 8 月 7 日

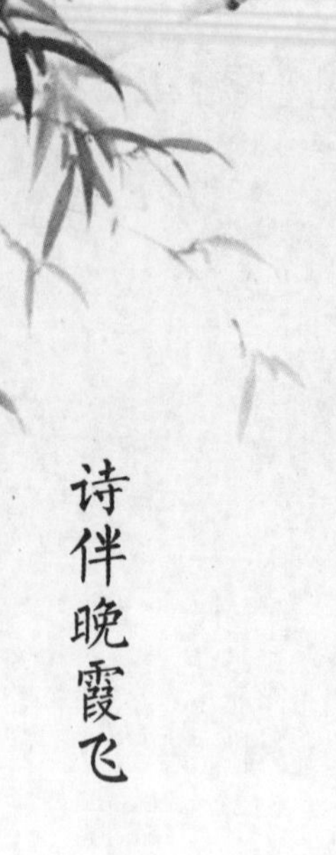

党的关爱记在心

新冠疫苗打三针，
防病不遗老年人。
保护健康排第一，
执政为国为人民。
药液注后须观察，
避免不良反应临。
面带微笑把家还，
党的关爱记在心。

2021年8月17日

诗伴夕阳绚丽多

童年抓鱼村旁河，
壮年买房荷包摸。
晚年家中图安静，
苦思冥想写诗歌。
旧闻新事排顺序，
笔锋瞄准墨巧泼。
茶香味甘生灵感，
情意似海又如波。
党的培养不能忘，

祖国温暖记心窝。
精辟词语轮流上，
诗伴夕阳绚丽多。

2021年11月6日

天地河山换新颜

人与岁月同步走，
生存必须克困难。
征途坎坷路漫长，
从始至终抢时间。
一年三百六十五，
时针顺转不倒翻。
世间皆因有日夜，
天地河山换新颜。

2022年1月4日

无欲登高往上爬

树大招风砍削枝，
去黑显亮益人家。
小区日夜添平静，

长者天天减重压。
午后纸牌桌上打，
晚间闲话凳板拉。
背依大树风凉爽，
无欲登高往上爬。

2022年1月8日

发声混合用

A教发声口腔送，
口齿出音声如风。
B讲声响喉咙出，
输出声音韵色浓。
C说振动在腹部，
气流腹内振音冲。
ABC讲法不相同，
哪种发声最有用?
牙医看开口齿腔，
中医拍脉腹气功。
现代医学倡中西，
发音混合声美容。

2022年3月15日

饮茶

杯子酒不盛，
啖口最香甜。
水滚即泡茶，
汤温味道醇。

2022年3月17日

发奋向前睿智新

天上从来不落金，
赚得财宝路艰辛。
生活平淡长年过，
心满意足省金银。
百姓脱贫摘丑帽，
双手创建富家庭。
幸福不忘初心苦，
发奋向前睿智新。

2022年4月1日

人生难点

人生最难胜自己，
战胜自己荆棘披。
人生难得有知己，
伴随日夜长相依。
人生力保好心态，
心态良好健身体。
人生最难得人心，
众人支持大山移。

2022年4月1日

唯愿今生活清明

脸迎清风轻轻拂，
撩开心扉耳目新。
身接明阳暖暖照，
舒畅怀情睿智灵。
一年一日清明节，
纪念先辈忆初心。
祈祷风调雨顺岁，
唯愿今生活清明。

2022年4月5日

志向篇

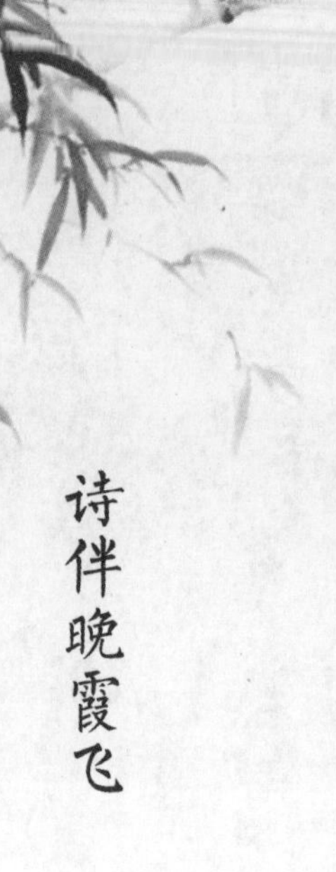

客家炮楼

客家炮楼长方形，
倒矗围村牢又直。
昔日炮楼富人家，
今天炮楼无人居。
昔日炮楼藏财宝，
今天炮楼空层余。
乡村幢幢楼林立，
炮楼巍然静休息。

2017年6月12日

庆祝香港回归

香港回归二十载，
雄诗丽画紫荆鲜。
市民安健常常笑，
社会繁荣日日增。
主席亲临来祝贺，
市民歌唱舞翩翩。
庆祝香港回怀抱，
再铸辉煌永向前！

2017年6月29日

我爱党啊到永远

（一）

入党四十三周年，
党关怀我每一天。
天天强壮好身体，
我爱党啊到永远。

（二）

入党四十三周年，
党培养我每一天。
学生成为镇干部，
我爱党啊到永远。

（三）

入党四十三周年，
党教育我每一天。
全心全意为人民，
我爱党啊到永远。

（四）

入党四十三周年，
党指引我每一天。
克难创新向前进，

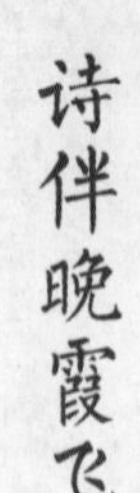

我爱党啊到永远。

2017年6月30日

检阅

今天七一前一天，
检阅军演港场间。
海陆空军威武阵，
犹如铜墙铁壁坚。
吉普战车开向前，
“同志们好”声震天。
士兵高呼“主席好”，
习总书记军威严。
军容军威军战术，
首长观演喜连连。
回归驻港解放军，
保卫安全二十年。

2017年6月30日

纪念抗战八十年

民族抗战八十年，

壮士洒血纪念节。
英灵升天慰人间，
国耻大恨已了结。
华夏儿女继先辈，
警告敌人死亡诀。
谁敢侵犯我中国，
有来无回吓破胆。

2017年7月7日

祖国航母香港停

祖国航母香港停，
强大海军威武临。
市民登上航母舰，
热泪流出振奋心。
感谢航母“辽宁号”，
停泊香港访民间。
祖国关怀大体现，
市民倍感祖国亲！

2017年7月8日

“八一”军旗红
——庆祝中国人民解放军建军九十周年

（一）

“八一”军旗美，
猎猎飘空中。
红军鲜血染，
绚丽红彤彤。

（二）

“八一”军旗红，
航母核弹攻。
今日军队强，
捍卫海陆空。

（三）

“八一”军旗新，
科技武精通。
谁敢来冒犯，
灭亡而告终。

2017年7月9日

我是一个兵
——庆祝中国人民解放军建军九十周年

（一）

我是一个文艺兵，
舞台就是我兵营。
唱响军歌送战友，
掌声鼓励我雄心。

（二）

我是一个医务兵，
医院就是我兵营。
救治伤病是本职，
医识掌握深又精。

（三）

我是一个武警兵，
山河城乡我兵营。
专业本领得过硬，
除恶打黑为人民。

（四）

我是一个火箭兵，
天地海洋我兵营。

先进武器我使用，
现代战争打得赢。

2017年8月2日

金砖峰会厦门开

金砖峰会厦门开，
各国政要名商来。
“一带一路”富四海，
赶潮掀波浪花开。
习总书记致贺词，
胜步登上演讲台。
金砖领导聚一起，
场面隆重缘分栽。
经商合作谋双赢，
五洲人民乐开怀。
厦门沿海一亮点，
光赐旺盛永不衰。

2017年9月3日

跨越万重山

（一）

花无百日红，
人有祸福沾。
一生多艰险，
无处无障拦。

（二）

日出日落顺，
度日汗湿衫。
生活追求美，
工作克困难。

（三）

从小长到大，
风雨历千番。
立志成大器，
跨越万重山。

2017 年 9 月 28 日

开创业绩日日新

湖水粼粼水波轻，
前路宽宽任君行。
红旗猎猎添景气，
十九大开东风临。
黄江目标为灵狮，
接力深圳科技精。
扬鞭奋蹄向前进，
开创业绩日日新。

2017年10月21日

不忘初心学英雄

（一）

镇关工委四十人，
一行前往罗浮山。
参观东纵纪念馆，
学习先烈忆初心。

（二）

南粤东纵游击队，
英勇杀敌为人民。

立下赫赫大战功，
地埋忠骨在天灵。

（三）
如今开创新时代，
传统教育意义深。
革命精神广发扬，
勇往直前步不停。

（四）
后代成长德为首，
英雄壮志要传承。
关工委人带头学，
言传身教育新人。

2017 年 10 月 27 日

枪

三八长步枪，
制造在汉阳。
过去打鬼子，
今天放馆藏。
游人观展品，

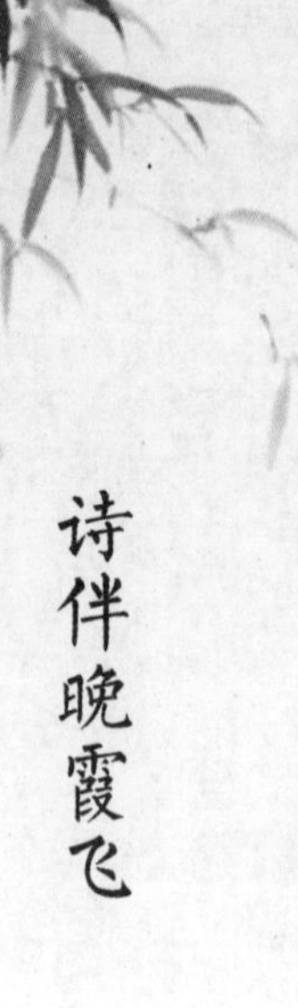

追忆旧时光。
保家与卫国，
紧握手中枪。

2017年10月31日

山村诗人

（一）

山村诗人上山岭，
垦荒植木造树林。
林深草绿涧流水，
山花朵朵染诗灵。

（二）

山村诗人奔豪情，
下山创业立雄心。
致富领先上村榜，
日夜不忘著诗经。

（三）

山村诗人献爱心，
屡屡捐款作诗金。
出钱出力出作品，

创建诗社颂人民。

2017年12月16日

谋升级

（一）

黄江是块风水地，
改革开放人密集。
背靠宝山财源滚，
连接深圳多商机。

（二）

政令英明民风正，
发展经济良策施。
狗年筑梦灵狮跃，
奋发图强谋升级。

2018年2月24日

平安黄江

平安黄江歌唱响，
田美广场好地方。

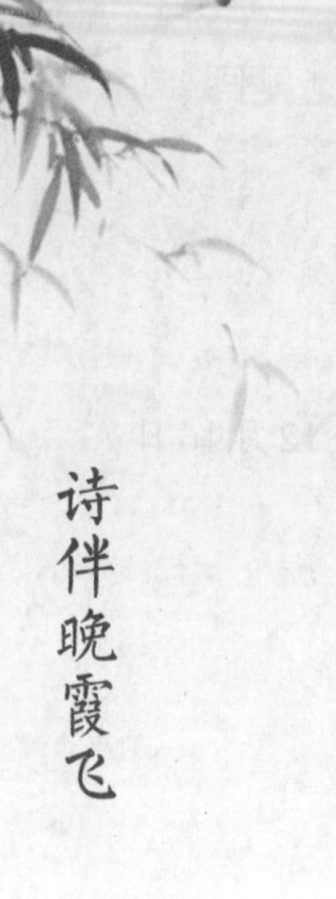

党委政府政法委，
宣传法制正气扬。
干群携手建湾区，
筑梦腾飞创辉煌。
警队处处天网布，
不容黑恶再嚣张。

2019年1月13日

培训班

培训赶上新时兴，
学会本领增信心。
技能技巧适时用，
生计不忧无银金。
闯荡天下靠本事，
拓宽前景睿智升。
立下奋发创业志，
贡献力量为人民。

2019年3月11日

老人知识大提高

姗姗而来不迟到，
晚年遇上新学潮。
试与岁月同比赛，
写作交流微信聊。
白发公婆上学去，
同窗共读书声嘹。
东莞老年大学建，
老人知识大提高。

2019年3月23日

再创辉煌奇迹多

国家庆典唱国歌，
歌声雄壮震山河。
全民K歌歌颂党，
没党没有新中国。
人民坚信党领导，
改革政策更灵活。
军民共筑中国梦，
再创辉煌奇迹多。

2019年4月24日

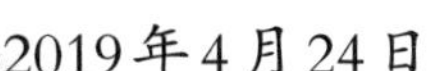

无畏永向前

岁月苦作舟，
划桨日夜艰。
常遇风和浪，
险恶大无边。
选择海谋生，
必备意志坚。
乘风破波浪，
无畏永向前。

2019年5月2日

稳坐快车奔小康

开车跑在大路上，
加大油门向前方。
高速千条轮胎转，
各行其道循规章。
改革开放汽车多，
车为创业勇担当。
高速公路蜘网织，
稳坐快车奔小康。

2019年5月10日

祖国母亲我爱你

祖国母亲我爱你，
儿女感情比海深。
爱你慈祥圣洁美，
爱你谋划锦绣程。
厚爱胜似长江水，
日夜不息流古今。
壮志高昂如长城，
卫国爱民献忠心。

2019年5月12日

全民齐禁毒

毒品害无边，
吸毒祸连连。
面对毒危害，
禁毒不拖延。
贩毒判重刑，
法律立地天。
层层关卡设，
缉毒技术先。
宣传城乡普，

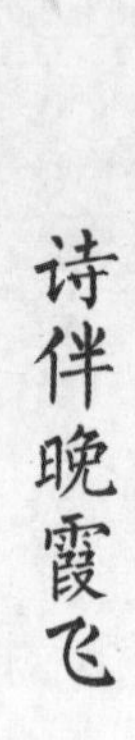

切断毒来源。
全民齐禁毒，
国家永向前。

2019年5月22日

祈盼

父亲胸脯宽，
孙子孙女床。
父亲身背厚，
儿子女儿墙。
父亲忧不尽，
柴油盐衣粮。
父亲在祈盼，
儿孙富又强。

2019年6月15日

青少年禁毒

东莞青少年，
禁毒宣誓言。
毒品沾不得，

时刻记心间。
关工委主办，
部门携手联。
齐齐抓落实，
生活保安全。

2019年6月19日

少年强则祖国兴

传承硝烟铁精神，
禁毒行动在履行。
召开专题报告会，
关工领导铿锵音。
教育后代离毒品，
担当责任献终身。
无毒社群须创建，
少年强则祖国兴。

2019年6月19日

国旗高扬永不息

一首《我是中国人》，

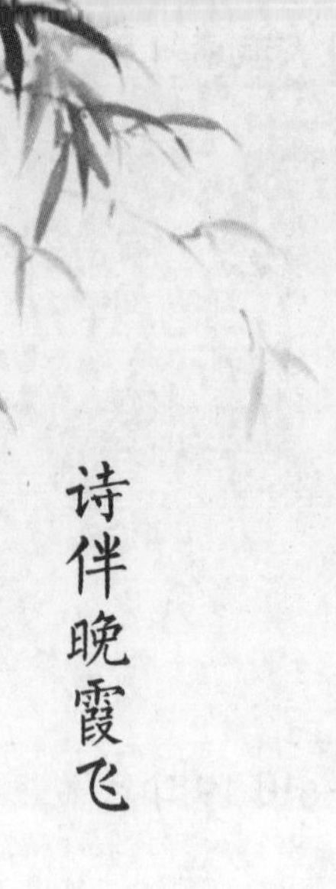

唱出豪情与壮志。
一句我是中国人，
告诉世界腰杆直。
爱国爱家中国人，
道德礼仪皆深知。
黄河长江多骄傲，
国旗高扬永不息！

2019年8月20日

人生有苦短

人生有苦短，
亲自尝一尝。
求学无捷径，
勤奋是妙方。
智慧短一截，
深思能拉长。
孤立存差异，
联合力无疆。

2019年8月25日

光辉灿烂耀全球
——庆祝中华人民共和国成立七十周年

（一）

一穷二白新中国，
走过七十个春秋。
脱贫致富艰辛路，
血汗吓跑苦和愁。

（二）

美丽富饶新中国，
荒山野岭建绿洲。
改革开放向前进，
国安民富乐悠悠。

（三）

伟大强盛新中国，
高新科技威神州。
“一带一路”中国梦，
光辉灿烂耀全球。

2019年9月30日

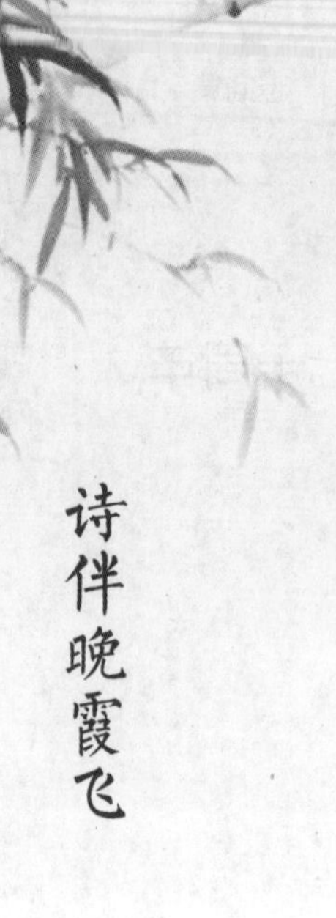

国庆喜洋洋

国庆喜洋洋，
红旗迎东风。
北京天安门，
国旗升空中。
广场阅强军，
威武震天空。
七十年华诞，
胜似太阳红。

2019年10月1日

工作干劲添

国庆节已过，
阅兵记心间。
祖国真强大，
钢铁长城坚。
景区游一圈，
假日也度完。
雄心又树立，
工作干劲添。

2019年10月7日

爱心不老

市关工委领导好，
关爱工作很辛劳。
下乡谈心善引领，
拂星讲课水准高。
今天年度培训班，
学习理论新一招。
紧跟共产党中央，
中国大气品牌高。
大国根基深又牢，
大党执政挺自豪。
大家底力坚又实，
五湖四海荡浪潮。
气足声大沸血涌，
言传育人真心交。
关心下代为己任，
爱心不老如松涛。

2019年10月28日

时刻保卫咱

确立爱军念，

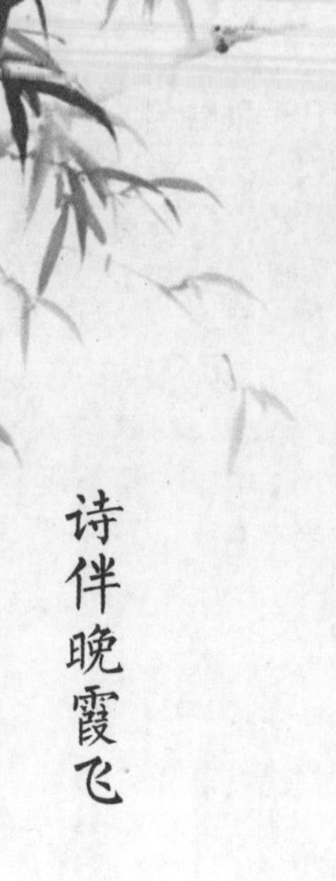

军装身上穿。
帽徽红闪闪，
绿装最亮眼。
添上这一课，
教育刷新栏。
人民解放军，
时刻保卫咱。

2019年11月26日

老当益壮

（一）
谁说七十拐杖依，
夫妻同心有见识。
办起书法堂门店，
锣鼓喧天庆典时。

（二）
校友同学前来贺，
翘出拇指赞不息。
瀚墨字画墙上挂，
证书奖杯金光迷。

（三）

侨中育出优学子，
年轻敬业斩荆棘。
老当益壮再奋发，
泼墨育才一批批。

2020年1月5日

多才子

黄江多才子，
琴棋画歌书。
活跃在乡村，
迈上改革途。
腾飞两字贵，
湾区富强图。
家风暖人间，
异彩绘幸福。

2020年1月11日

创新党建尽风骚

党代会场红旗飘，

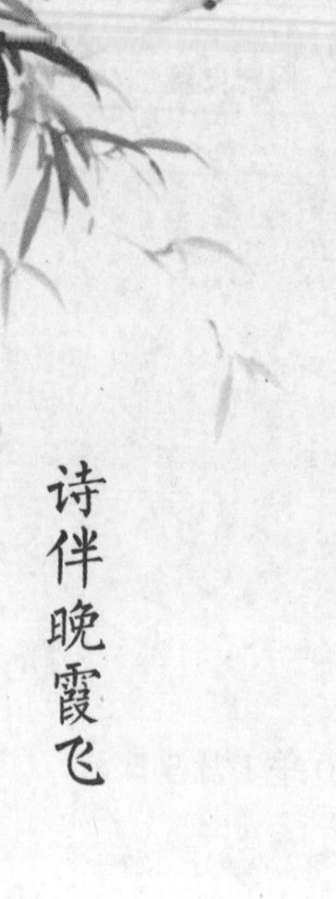

代表形象赶新潮。
西装革履领带系，
精神面貌倍提高。
党为领导核心强，
为民造福壮志豪。
改革时代高标准，
创新党建尽风骚。

2020年1月14日

关爱心

（一）
关爱实为贵，
贵在善作为。
爱心献少年，
人才不容摧。

（二）
关爱实为尚，
尚在善追随。
时势挺奋进，
青壮要腾飞。

（三）

关爱实为荣，

荣在善人威。

夕阳无限好，

长留余光辉！

2020年1月30日

齐帮忙

严峻时期意外到，

病毒传染甚猖狂。

湖北一天千人病，

多地疫情又扩张。

先锋团队力量大，

党员冲锋不彷徨。

医生护士救人急，

社会各界齐帮忙。

2020年2月3日

中国最坚强

（一）天灾降

年前之空气，
沉闷又迷茫。
武汉疫情起，
来势挺疯狂。
传染湖北省，
国内也扩张。
日日病人增，
过年不祥和。
冠状病毒强，
传染实难防。
疫情在蔓延，
鼠年不寻常。
天灾在考验，
中国强不强？

（二）打疫仗

英明党中央，
应急备战忙。
组建医疗队，
奔赴武战场。
控防治结合，

堵毒不外扬。
灭杀瘟疫菌，
确保人健康。
速建大医院，
增加病号床。
把住流动关，
设卡体温量。
全民齐动员，
政令达四方。
出门戴口罩，
洗手不能忘。
居家少出门，
日夜保健康。
不聚不扎堆，
野味切勿尝。
疫者送医院，
隔离即跟上。
党员先锋队，
处处受表彰。
英雄屡出阵，
南山精神扬。
医疗大团队，
救人献妙方。
立杆即见影，

湖北闪亮光。
各地灵丹施，
瘟疫惊了慌。
大地阳光照，
疫情有下降。

（三）凯歌唱

元宵节已到，
胜利歌声响。
战“疫”初获胜，
少数人死亡。
病人痊愈增，
出院闻花香。
处处传捷报，
欢笑回脸庞。
回程人潮涌，
措施保障良。
工厂渐开工，
商场续开张。
党政大门敞，
办事循规章。
生产第一线，
兴旺又如常。
边干边防疫，

效益快增长。
胜利咫尺待，
众心暖洋洋。
所有瘟疫菌，
赶快去逃亡。
凯歌高声唱，
中国最坚强！

2020年2月8日

中国人平安

（一）
山在细声说，
湖北需支援。
新冠肺炎病，
已将鄂人缠。

（二）
河在轻声问：
国家遇麻烦，
抗疫持久战，
何日胜利还？

（三）

天在大声答：
英雄挽狂澜，
鼠年大战“疫”，
近期可凯旋。

（四）

地在高声唱：
武汉市平安，
湖北省平安，
中国人平安！

2020年2月11日

英雄市

湖北武汉市，
抗疫显雄威。
受尽苦和累，
除疫解人危。
古邻赤壁战，
抗日旌鼓擂。
精神传后人，
党旗闪光辉。

城市静守候，
祖国东风吹。
八方名医降，
攻克肺炎病。
方舱隔离点，
医生紧跟随。
武汉立天地，
黄鹤楼炼锤。
白衣最美丽，
众浇花芳菲。
筑牢富强梦，
武汉急起追！

2020年2月12日

赞她

她是黄江人，
医院护理师。
身怀技艺高，
助疗病人扶。
听从党指挥，
奔向远征途。
随队去湖北，

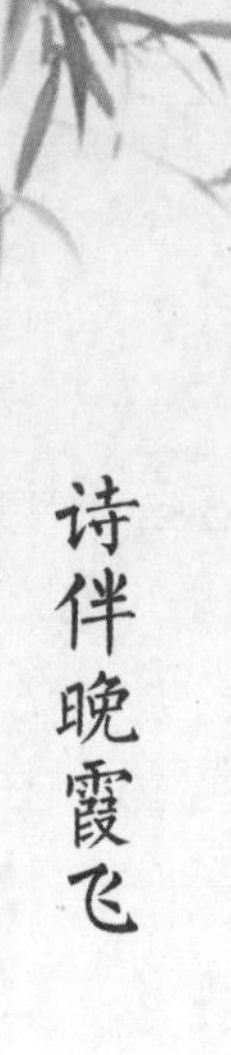

抗疫勇担当。
她叫仇敏怡，
有子有郎夫。
舍家暂离别，
报国绘蓝图。
站在党旗下，
宣誓豪言出。
战“疫”吃大苦，
丝毫不含糊。
全力去救治，
扫杀冠病毒。
巾帼英雄美，
人人赞颂之。

2020年2月21日

凯歌声声入云天

（一）
长江鄂武黄鹤楼，
泪洒二〇二〇年。
新冠肆虐人遭难，
病毒横行省外边。

（二）

长江鄂武黄鹤楼，
见证二〇鼠年间。
千军万马同战“疫”，
白衣联手治肺炎。

（三）

长江鄂武黄鹤楼，
放歌二〇鼠年喧。
歌唱红旗处处飘，
凯歌声声入云天。

2020年3月3日

英明统帅党中央

横扫鼠年新冠发，
肺炎病魔歼灭光。
湖北武汉冲锋号，
省市区县战旗扬。
医生护士上前线，
党政警团设控防。
社会各界作后盾，

英明统帅党中央。

2020年3月6日

昨今明天都是甜

（一）

昨天荔花满园开，
蜂采酿蜜香又甜。
蜜糖家家橱柜放，
甜了一天又一天。

（二）

今天荔果红又圆，
玉珠入口甜新鲜。
荔果运往各地销，
甜遍南北人心间。

（三）

明天再上小康日，
勤劳致富斗志坚。
共筑伟大中国梦，
幸福生活甜无边！

2020年5月3日

解忧强志永向前

诗是生活胸中言，
披露品尝苦酸甜。
诗为人生添乐趣，
获取精彩每一天。
诗作朋友冬天毡，
抚热世凉暖心间。
诗能感化人意志，
解忧强志永向前。

2020年5月26日

天道酬勤奔小康

摆个地摊百姓当，
一席之地不设防。
小本经营利群体，
总理惠民好主张。
城乡商店处处有，
高高向上威风扬，
地摊充满地灵气，
天道酬勤奔小康。

2020年6月7日

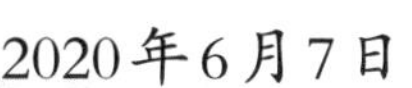

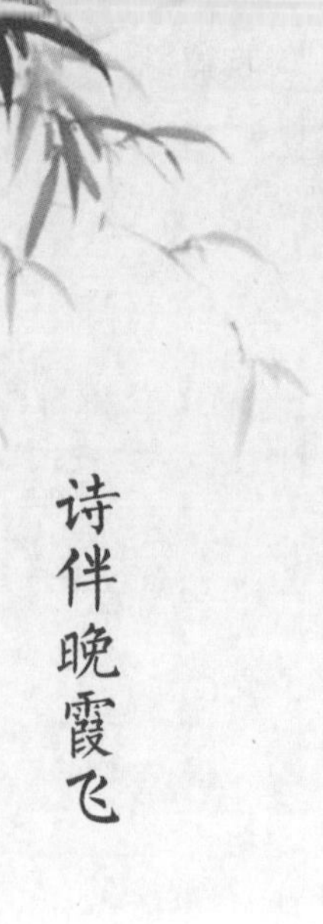

党旗似火燃

年中最红为七月，
党旗飘扬似火燃。
千万党员宣誓词，
奋斗一生永向前。
飞船航行宇宙里，
引领穿越地球间。
中国人民最勇敢，
世界风云勇当先。

2020年7月1日

宝山脚下是黄江

（一）

一群文人意志昂，
瀚墨利笔胸中装。
书写蓝天绿大地，
描绘人勤奔小康。

（二）

雷响春雨滴滴下，
辉映福字磐石镶。

奇创新诗吟不断，
激昂雄歌唱四方。

（三）
天上日月照万物，
地下沃土产丰粮。
文画歌舞从何来？
宝山脚下是黄江！

2020年11月7日

恰同学晚年

恰同学晚年，
握手在昨天。
市开表彰会，
四人在其间。
一晃五十载，
白发如丝绵。
面部露微笑，
皱纹抢当先。
开口主题同，
皆为筑梦圆。
退休没落伍，

关爱青少年。

2021 年 3 月 13 日

新官上任三把火

（一）

新官上任三把火，
热火朝天忙事业。
执政为民第一要，
爱岗敬业争业绩。

（二）

二破阻碍大畅通，
拆迁难户须解除。
登门谈心送温暖，
人和道通富冠洲。

（三）

三结群谊先敬老，
月补二百长者收。
黄江又辟新天地，
打造湾区创一流。

2021 年 3 月 13 日

我

（一）一生里

父母育了我成长，
贵人帮了我大忙。
民给予了我力量，
党坚定了我信仰。

（二）读书时

参加三批农村基本路线教育，
一批一年长。
培养和考验，
光荣入了党。
宣过誓，
做一名合格共产党员。
全心全意为人民，
永不叛党。

（三）毕业了

深入基层干工作，
爱岗敬业忙又忙。
酸甜苦辣都尝过，
步步跟党奔前方。
为民服务有担当，

受过赞扬和表彰。
有幸选入党委会，
当上委员赴官场。
党委指令我执行，
群众监督我不慌。
党纪国法我遵守，
为民执政举目纲。
“发展”二字下功夫，
美丽蓝图添墨香。
向党交了满意卷，
安全着落人健康。

（四）退休后

党徽不忘戴，
党旗映脸庞。
信念我坚定，
宗旨我记详。
颂党我歌唱，
教诲我心藏。
半百党龄不算多，
经常重温新党章。
党的教育我感恩，
晚年接岗毅力强。
培养后代为己任，

关工主任让我当。
发挥五老正能量，
联系各界多商量。
禁毒戒毒协同抓，
扶贫助学帮一帮。
实践活动创品牌，
忧郁溺水提前防。

（五）初心在

共产党啊像太阳，
照亮人间喜洋洋。
党的前程无止境，
时代进步道路长。
一生跟党无怨悔，
开拓进取斗志昂。
终生爱党心不老，
革命精神传承扬。
不做前进绊脚石，
学习党史进课堂。
珍惜旧时根枝叶，
再栽今日百花香。
党的百岁生日到，
我向组织表衷肠。
忠于我党红心在，

甘洒晚年余热光。

2021年7月1日

任君挥毫赛笔尖

荔香诗社快五年，
诗人心润荔枝甜。
品尝鲜果添灵感，
写下诗词上万篇。
社长小奇好领导，
主编作者意志坚。
定期出版诗词集，
佳作流传满人间。
欲愿诗词字句美，
采点日记慢慢填。
山里山外皆壮丽，
任君挥毫赛笔尖。

2021年8月22日

名笔宏图绣锦花

（一）

童年心中有梦想，

曾经想当名作家。
作家眼睛如镜面，
照影精英和人渣。

（二）

作家耳闻四方事，
慕美厌丑格子爬。
作家情感长河水，
冲洗阴暗脏乱差。

（三）

青壮敬业又顾家，
欲摇笔杆实无暇。
看书读报适可之，
无缘搭架文坛塔。

（四）

晚年结识朋友中，
诗郎文女如云霞。
笔尖不书窄足印，
名笔宏图绣锦花。

2021年9月21日

情诗引领爱专一

（一）

黄江黄京坑，
山连山呀泉水溪。
开门望见连云绿，
闭门清水浴玉体。
树结荔果一片红，
味香肉脆甜丝丝。
七月摘果忙不尽，
致富争先机不失。

（二）

黄江黄京坑，
村民深爱歌和诗。
山歌唱给阿哥妹，
喜鹊报喜屋檐倚。
开办诗社创文明，
写诗吟诗醉痴迷。
雄诗鼓励再奋进，
情诗引领爱专一。

2021 年 10 月 7 日

成功秘诀在哪里

（一）

做人的确不容易，
足立大地头顶天。
坎坷弯坡迈步走，
日晒雨淋奔向前。

（二）

悲欢离合眼前过，
生老病死身上缠。
尔虞我诈心机算，
仙境遥远难沾边。

（三）

母生我来必有用，
天道酬勤记心间。
努力向上创业绩，
为人处世善行先。

（四）

顺境画为起步点，
稳步登峰往上攀。
逆境来时不泄气，

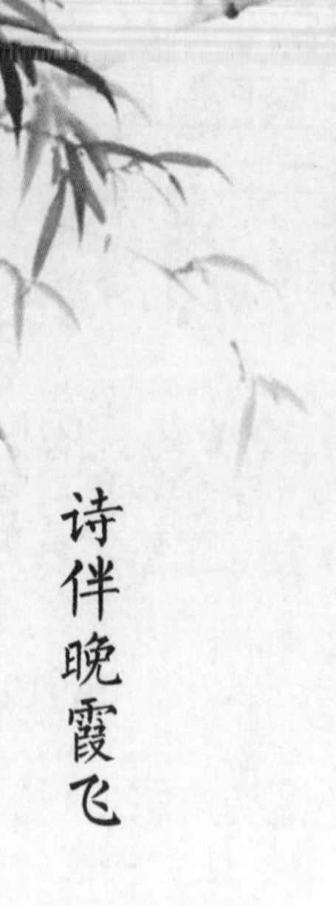

补充能量干劲添。

（五）

不经不懂不见怪，
真理来自实践源。
成功秘诀在哪里？
天时地利好人缘。

2021年11月3日

名利地位

（一）

名扬须尽己所能，
如若出名气冲天。
从此大吹又大擂，
气球爆炸无缕烟。

（二）

利会输送好心态，
勤劳获利喜连连。
如若贪财又图利，
斩贪利剑刺胸前。

（三）

地是生存的依靠，
合理用地生活甜。
如若占地乱作为，
坠入苦海无岸边。

（四）

位按级别舒服坐，
升高降低顺自然。
如若强争高权位，
引火烧身积怨言。

2020年11月11日

奋发图强奔小康

秋凉散尽冬天寒，
丝根白透疑是霜。
年轮永远向前转，
世间实无还童方。
四季日夜分秒贵，
青春自古不储藏。
生命价值有大小，

奋发图强奔小康。

2021年12月22日

勇奔新征途

（一）

黎明太阳出，
户户开门枢。
笑脸满红光，
花朵洒露珠。

（二）

午阳暖人心，
意坚永不屈。
天道酬勤劳，
彩墨绘宏图。

（三）

晚霞多绚丽，
安康是幸福。
明天会更好，
勇奔新征途！

2021年12月24日

铁骑

警察追案犯，
速度应提高。
社会安全护，
新出好妙招。
巡逻有铁骑，
道路深巷包。
强盗和飞贼，
天天入网牢。

2022年1月8日

跟党奔向前

（一）
虎年虎昂首，
改革掀高潮。
湾区谋发展，
创业效益高。

（二）
虎年虎美丽，
山河尽多娇。

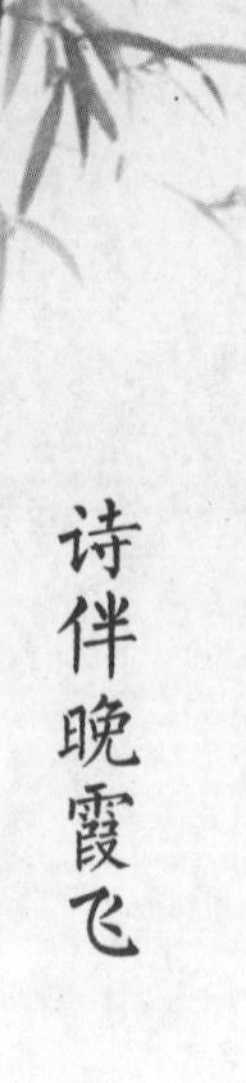

乡村添喜气，
红旗空中飘。

（三）

虎年虎强壮，
人民志气豪。
跟党奔向前，
乘风踏浪涛！

2022 年 1 月 23 日

赋诗为今朝

古诗格律严，
声韵平仄调。
新诗限制少，
易写意境高。
咏诗抒情谊，
锐心壮志豪。
如今新时代，
处处多文豪。
天地舒广纸，
笔描诗篇稿。
诗人灵感显，

日夜尽风骚。
诗如泉水喷，
情似浪花滔。
诗园百花开，
朵朵鲜又娇。
现代诗为杰，
冲出翰林巢。
笔墨识现代，
赋诗为今朝。

2022年2月21日

不容病毒安生息

毒染人间狂肆虐，
势必摧残众躯体。
火速群防不怠慢，
白衣篷中检测急。
政府号令如春雷，
各行各业齐出击。
市民循序做核酸，
不容病毒安生息。

2022年2月27日

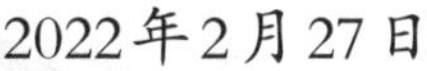

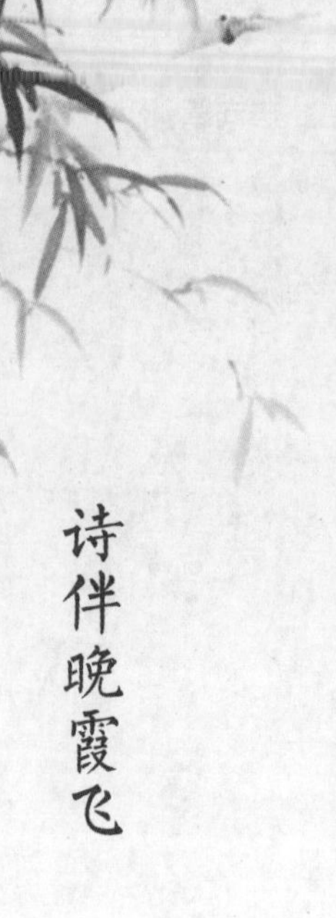

东莞品牌购销红

世界工厂在东莞，
重轻造业立乡中。
机械威名震天地，
手机部件精键锋。
虎门服装四海俏，
大朗毛织五洲容。
周游世界大市场，
东莞品牌购销红。

2022年3月8日

人能飞天梦不空

人能飞天梦不空，
中国火箭速无穷。
探知宇宙神奇事，
返地安全立大功。

2022年3月12日

维持队列齐

非常重要期，
抗疫战情急。
病毒人体染，
防医勿误时。
白衣全上阵，
检测不停息。
干部党员上，
维持队列齐。

2022年3月15日

封闭

封闭村路控疫情，
疫除烦逝乐人间。
干群齐力安康保，
开创崭新富裕年。

2022年3月16日

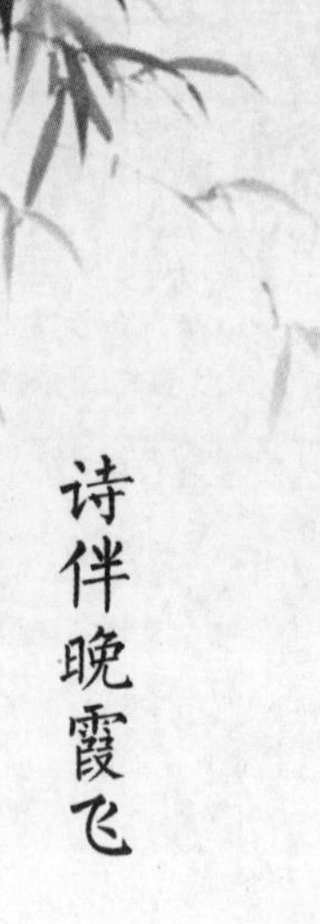

“一带一路”强

华夏传帮带，
古摇马驼铃。
丝绸国外运，
谊结似海深。
“一带一路”强，
今送致富经。
技术资金援，
五洲筑梦赢。

2022年3月17日

崭新黄江歌唱响

崭新黄江歌唱响，
句句赞颂新黄江。
曲曲舒畅慢中快，
声声嘹亮传四方。

（一）橙柑橘

不种橙柑橘，
莫说黄江人。
开放起步早，

政令急传扬。
山地黄澄澄，
田野橙柑香。
一年一层楼，
三年脱贫装。

（二）工业化
基础边夯实，
资源边扩张。
铺宽条条路，
镇村办工厂。
引进全方位，
援助内外商。
钱财逐渐多，
黄江奔小康。

（三）高科技
工业转型快，
设备换精良。
裕元飞利浦，
带动众工厂。
经商全民干，
激活全黄江。
对接深圳市，

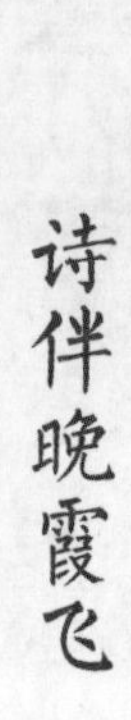

湾区梦筑强。
科学管理细，
和谐促吉祥。
干群同心德，
明天更辉煌！

2022年3月20日

起飞东莞在升级

朝阳升起照人间，
团队加速赶路急。
商机千宗迎众客，
目标双万趁春时。
虎年号角即吹响，
干群扬鞭骏马骑。
锐意向前开广道，
起飞东莞在升级。

2022年3月20日

干群齐心驱新冠

春天万象又更新，

绿染人间喜气浓。
广场核酸检测急，
绿荫树下全是人。
身穿白衣汗湿透，
千名干警往前冲。
干群齐心驱新冠，
黄江大地红彤彤。

2022年3月22日

网格管理

社会平安任务急，
纲举目张计谋施。
迎来万马千军会，
赐赠安居众力齐。
市镇格网连一片，
区村网队护及时。
巡逻指导勤查检，
循序防微不错失。

2022年3月24日

风吹雨淋不在乎

荔果皮红核子赤，
果肉白玉仙女肤。
果汁润肺明耳目，
果杆红木大用途。
果农熟悉植荔树，
不畏辛劳汗洒土。
长居深山耕果园，
风吹雨淋不在乎。

2022 年 3 月 30 日

相信中国一定赢

新冠肺炎很顽固，
一波未平一波起。
奥密克戎变异株，
传染超过德尔塔。
上万医护赴上海，
围歼病毒战鼓鸣。
打好防控阻击战，
相信中国一定赢！

2022 年 4 月 6 日

日夜盼春归，
难留绚丽辉。
余生诗作伴，
筑梦晚霞飞。